JN077676

愛のない政略結婚のはずが、
許嫁に本気で迫られています

目次

愛のない政略結婚のはずが、
許嫁に本気で迫られています

プロローグ

毛布に包まれているよりも暖かくて、いつまでもまどろんでいたくなる……そんな温《ぬく》もりに包まれ、百花《ももか》はその熱に子猫のように身体をすり寄せる。

自分のものではない香水の匂いに思わずクンクンと鼻を動かす。知っている香りのはずなのに、この暖かさとは結びつかない。

この温もりの元が知りたくて、百花は眠気に抗《あらが》いながら重い瞼《まぶた》を上げた。

視界に飛び込んできたのは——白いシャツ。

ボタンを数えるようにして頭をもたげると、ボタンが外れた襟元《えりもと》から覗く筋張《すじば》った男性特有の首筋が、ゴツゴツとした顎《あご》の輪郭《りんかく》に繋がっているのが見える。

どうして自分の隣に男性が眠っているのだろう。不思議に思いながら目を閉じて、次の瞬間ギョッとして目を見開く。

「……ッ!?」

この世に生を受けて二十三年。男性と交際したことのない自分に、こうして添い寝をするような男性はいない、はず。百花はもう一度シャツから首筋、顎《あご》、そしてその先へと視線を上げて見覚えのある顔に目を丸くした。

「透《とおる》、くん……？」

百花を抱きしめるように身体に腕を回して眠っていたのは、幼馴染《おさななじ》みの神宮寺《じんぐうじ》透だった。

幼馴染《おさななじ》みと言っても、正確には透とは九つ年が離れていて、透は百花の兄と同い年だ。親同士が親しく、自然と年の離れた百花も妹のように可愛がってもらうようになった。

現在、透は都内のマンションで一人暮らしをしており、百花も何度か遊びに行ったことがある。もちろん寝室に入ったことはないが、ここがホテルでないとすれば彼の部屋である確率は高い。そんなことを考えているうちに、少しずつ昨夜の記憶が蘇《よみがえ》ってきた。

昨日は会社の部内で懇親会があり、その最後に透が顔を出したのだ。百花は二次会にも参加するつもりだったのだが、飲み過ぎて思っていたよりも酔っ払っている百花を見た透に強制的にタクシーに乗せられたのを思い出した。

どうやらそのままタクシーの中で眠ってしまった百花を、透がベッドまで運んでくれたらしい。ちなみにどうして幼馴染《おさななじ》みの透が百花の職場の懇親会に顔を出したかというと、会社を透の実家である神宮司家が経営しているからである。透自身も先日専務取締役に就任したばかりだった。

透の父が経営している株式会社ＢＯＮ《ボン》は全国各地で高級旅館を運営している会社で、近年は首都圏でのウエディング事業にも力を入れている。

ＢＯＮはビューティーズオブネイチャーの略で、フランス語で「良い」を意味する言葉でもある。名前の通り各地の旅館は花鳥風月をコンセプトに、日本ならではの自然の美しさを国内外の人たちに楽しんでもらうことをモットーにしている。

百花は透や両親の勧めもあり、去年の春からウエディング事業部の広報室で働いていて、昨夜はその集まりだったのだ。

これで透と一緒にいる理由には説明がつくが、なぜ彼のベッドで、しかも彼の腕の中で眠っているのかが謎だった。

どうにもそれ以上謎が解明できず、もう一度まじまじと透の顔を見つめたときだった。

「う、ん……」

透が小さな声を漏らし、わずかに腕の力を緩めた。百花はすかさずその腕の中から抜け出し起き上がる。するとそれに気づいた透が、うっすらと目を開けた。

男性にしては長く反《そ》り返った睫毛《まつげ》が小さく震えるのを見て、百花の胸の奥がざわりと騒いだ。

「ん～……モモ、目が覚めた？」

眠たげな声はいつもの透なのに、なぜか警戒している自分がいる。昨夜の記憶が曖昧で、何かやらかしてしまったのではないかと心配だった。

「お、おはよう……」

「うん」

百花にずっと腕枕をしていたから痺《しび》れたのだろう。透は伸びをしながら起き上がると、首を左右に揺らしたあと二、三度肩を竦《すく》めるようにして身体をほぐす仕草をした。

「あのさ、昨日って……」

「モモ、覚えてないの？　やっぱり連れて帰ってきてよかった。俺が店に行ったらかなり酔ってたからびっくりしたんだぞ」

透のいつもは柔和《にゅうわ》な瞳が怒ったように眇《すが》められるのを見て、百花はしゅんと肩を落とした。

「ごめんなさい。最初はサワーを飲んでたんだけど、先輩にここは美味しいワインを置いてるからって勧められて、飲んじゃったんだよね」

「まあ先輩に勧められたら断れないのはわかるけど、ちゃんぽんはだめだろ。ワインはアルコール度数も高いしモモはそんなにお酒強くないんだから」

「うん」

「昨日の酔い方じゃ誰かにお持ち帰りされても文句言えないぞ」

「……ごめんなさい」

透の言う通りなので、しょんぼりと下を向くしかない。

そんなにお酒が強くないのに、あの飲み会独特の雰囲気の中だと、つい気持ちが高揚して調子に乗ってしまうのだ。学生時代にも何度か飲み過ぎてひどい目に遭ったことがあるのに、どうにも学習できない自分が恥ずかしい。

「別に謝らなくていいって。それより具合悪くない？　酔ったまま寝ると二日酔いになりやすいから」

透は落ち込んだ百花の気を引き立てるように笑うと、手を伸ばして頭をポンポンとあやすように叩いた。

「平気。でも透くんがいてくれて良かった。だって、透くんが連れて帰ってくれたのなら、後で何があったとか騒がれなくて済むもんね」

社内で透と幼馴染《おさななじ》みであることを隠していないので、変な噂が立つこともない。これが他の男性社員相手だったら、あれこれ邪推され騒がれることは間違いないだろう。

「まあ、それはそれで問題なんだけど」

「え？　問題？」

透の溜息交《ま》じりの呟《つぶや》きは百花の耳には届かず聞き返すが、透は微《かす》かに眉を寄せ小さく首を振ってから、いつもの笑顔になる。

「モモの家には連絡入れてあるから問題ないよって言ったの。無断外泊なんかしたら拓哉《たくや》が大騒ぎするぞ」

透の言葉に、思わず兄の顔を思い浮かべて身震いする。歳が離れているからなのか、拓哉はとにかく過保護で、大学生の頃は飲み会で少し遅くなろうものなら携帯に鬼電がかかってきて、百花が家に帰るまで起きて待っているという徹底ぶりだった。

さすがに社会人になってからは、付き合いもあるからとそこまでうるさくなくなったが、やはり無断外泊はまずいだろう。

「お兄ちゃん、怒ってなかった？」

「うちまで迎えに来るって言ってたけど、もう寝てるし、今日は土曜だから起きたら俺が送るって言ったら諦めた」

「よかったぁ……」

百花がホッと胸を撫で下ろすと、拓哉の過保護っぷりを知っている透がクスクスと笑いを漏らした。

「モモ、今日の予定は？」

「今日は家の中を掃除しようと思ってたんだよね。明日はブライダルフェアの手伝いで出勤だから」

百花の実家、榊原《さかきばら》家は両親と兄、百花の四人家族だ。

両親は最近話題のフルーツタルトのチェーン店『タルト・オ・フリュイ』を経営していて、兄の拓哉はパティシエ兼開発チームのリーダーでもある。

今でこそ法人化してかなり規模が大きくなっているが、百花が子どもの頃は、まだ街の小さな洋菓子店だった。さして裕福でもなく、ご近所でも「ケーキ屋のモモちゃん」と呼ばれるような、ごく普通の家庭だったのだ。

ところが百花が中学校に入る頃には大ブームとなり、テレビや雑誌で大きく紹介されるようになった。あれよあれよという間に首都圏に店舗を増やし、今はかなりの規模の会社になっている。

そうなると自然と生活のレベルも上がり、高校に入る頃にはこれまでの店舗兼自宅から、都心部の庭付き一戸建てになった。百花は社会人になった今もそこで家族と暮らしているのだ。

「掃除って、家政婦さんにお願いしてるんじゃないの？」

透の言う通り、両親が経営陣に参加しているために家事をする人がおらず、通いの家政婦さんをお願いしている。それはとても助かるのだが、やはり休みの日ぐらい自分でできることはしたいのだ。

「でも毎日じゃないし、自分たちの部屋はお願いしてないから。それに今の家に引っ越すまでは、家のことはだいたい自分でやってたんだもん」

そう、両親が二人で店をやっていた頃は、家の掃除や洗濯、夕飯の支度も百花の担当で、その頃のクセは今も抜けない。働いているほうが性に合うのだ。

「モモは偉いな。俺、モモのそういう堅実なところ好きだな」

透の思いがけない言葉に驚いたが、それでも透のような大人の男性に言われるとドキリとする。

「もう！　何それ。堅実なんて女の子に言う褒め言葉じゃないし」

「そう？　結婚するなら重要な条件だと思うけど」

「何それ。透くん、そういう子が好みなの？」

独身を謳歌《おうか》し仕事に打ち込んでいる透がそんなことを言うのがおかしくて、百花はクスクスと笑いを漏らした。

「さてと、支度して帰ろうかな」

ひとしきり笑ってベッドから滑り降りようとした百花の手首を透の手が掴《つか》む。

「どうしたの？」

訝《いぶか》るように振り返った百花に、透が柔らかな笑みを向けた。

「待って。実はモモに渡したい物があるんだ」

「……何？」

「見てのお楽しみ」

透は楽しげに唇の両端を吊り上げると寝室を出て行き、すぐに何か小さな包みを手に戻ってきた。

「はい、どうぞ」

そう言って差し出された透の手には、ピンクのリボンがかかった白い箱が載せられていて、百花は首を傾げた。

誕生日はもう過ぎたし、その時にちゃんとプレゼントをもらっている。もう社会人なのだからと、百花のお給料では簡単に手が届かないハイブランドのお財布をもらったのだ。クリスマスもまだかなり先だし、このタイミングでプレゼントをもらうような理由がなかった。

考えても思い当たることがなく手に取るのを躊躇《ためら》っていると、押しつけるように手渡されてしまう。

「なあに？　これ」

「開けて見て」

首を傾げながら包みをほどくと、箱の中からはさらにクリスタルのジュエリーケースが現れた。

そう、ちょうど特別なアクセサリーが入るデザインに百花の心臓が大きく跳ねた。

「これって、もしかして……」

恐る恐る蓋《ふた》を開けると、中にはダイヤモンドを中心に据えたデザインリングが入っていて、石の大きさから見ても、ただの指輪でないことはすぐにわかった。

「透くん……これって……」

「うん、婚約指輪」

「……えっ!?」

透はケースの中から指輪を取り出すと、驚きすぎて言葉もない百花の左手の薬指にそれをはめてしまった。

「あの、えっと……」

「昨日のモモを見て思ったんだ。そろそろ婚約者の権利を主張しておこうって」

「は？　き、昨日の私って」

「男の前で無防備に酔っ払ってただろ」

「お、男って言っても会社の先輩だし、女の人もいたし！」

というか、ウエディング事業部の広報室は女性の方が多い。そもそも、どこの部にだって男性社員がいるのだから、男の前で酔っ払ったというのは言いがかりに近い気がする。

それに婚約者の権利とはどういう意味だろう。今まで一度もそんなことを言ったことなどなかったのに。

「とにかく、俺は心配になったんだ。婚約してもう六年だし、そろそろ今後のこともちゃんとした方がいいだろ。だからこれは俺の意思表示ってところかな」

透はそう言うと、百花の左手を引き寄せ、指先にチュッと音を立てて口づけた。

「……っ！」

「モモももう大人だし、これからはもっと積極的にアプローチをしていくつもりだから覚悟してて」

これまでずっと兄のように慕っていた透に突然甘やかな眼差しで見つめられて、心臓がおかしなリズムで動き出す。思考回路はぐちゃぐちゃだ。

百花はまだ夢を見ているのではないかと思わず自分の頬をつねってしまう。

「いたっ」

確かに感じる痛みに声を上げると、一連の仕草を見ていた透が吹き出した。

「やっぱりモモは可愛いな」

「……な！」

いつもの透とは違う甘い言葉に、百花は一瞬言葉を失った。

「き、今日の透くん、なんか変。もしかして具合が悪いとか……あ！　寝ぼけてるんじゃない？」

きっとそうだ。自分が夢を見ているのではなく、透が寝ぼけているのだ。しかし透はあっさりと首を横に振る。

「そんなことない。モモを抱いて眠れたからとっても寝覚めもよかったたし、むしろいつもよりいい気分」

「抱いてって……」

物理的にはそうだが、自分から抱かれたつもりはない。

「そんなに恥ずかしがることじゃないだろ。子どもの頃はよく一緒に寝てたし、お風呂だって一緒に入ってたし」

「それはホントに小さいときで、大人になってからは一度もないし！」

「じゃあこれから試してみる？」

ニヤリと笑った透の顔を見て、百花はギョッとしてベッドの上から飛び降りた。

「ひどいな。そんなにあからさまに嫌がらなくたっていいだろ」

「透くんが変なことを言うから！」

「変なことじゃない。婚約者としての権利の主張。モモも俺たちのこれからをちゃんと考えてみて」

——当然の権利？　親同士が口約束で決めた話の上に、上辺《うわべ》だけ婚約者のふりをするという約束に権利などあるはずがないのに。

百花は透の突然の豹変に戸惑いながら、彼の婚約者になった経緯を思い出していた。

1

透の突然の宣言に衝撃を受けた百花は、まだ状況がよく飲み込めないまま透に連れられてカフェでブランチをとってから、昼過ぎに自宅まで送り届けられた。

食事のときも車で家まで送ってもらうときも、いつもの優しい幼馴染《おさななじ》みの透くんで、それ以上婚約云々のことは口にしなかった。

やっぱり自分は寝ぼけていたのかもしれない。お酒の飲み過ぎはよくないとしみじみと反省しながら車を降りようとしたときだった。

「モモ、指輪なくすなよ」

「えっ」

その言葉に自分の薬指に燦然《さんぜん》と煌めく指輪を見て、現実逃避をするのを諦めた。

「それ俺の中のモモのイメージでオーダーしてもらった一点ものだから」

そう言われて百花はこっくりと頷《うなず》くことしかできず、複雑な表情のまま透の車を見送った。

そもそも透が口にした『婚約者の権利』自体に問題がある。

六年前に二人の間、というか神宮寺家と榊原家の間で結婚の約束が交《か》わされたのは事実だが、あくまでもそれは口約束で、百花は透に頼まれて婚約者役を引き受けただけなのだ。

透との婚約話が出たとき、透は二十六歳、百花は十七歳でまだ高校生だった。

その頃、百花の両親の店はブームに乗って続々と新店舗を出しているときで、神宮寺家に多額の出資をしてもらったらしい。

そんな経緯から神宮寺家からの申し出もあり、両親から二人の婚約を提案された。最初は冗談だと笑い飛ばしていたのだが、その後しばらくして透に呼び出された。

「親父たちが言ってた俺たちの婚約の話なんだけど、モモ、本気で考えてみてくれない？」

「ええっ⁉」

学校帰りに透と待ち合わせをした百花は制服姿で、表参道のお洒落《しやれ》なカフェに入ってフルーツパフェを食べていた。

最近流行の店で、何かの折に百花が食べたいと言っていたのを覚えていて、透が連れて来てくれたのだ。

それなのにいきなり想定外の提案をされて、百花はここが表参道のお洒落《しやれ》カフェであることも忘れて大きな声を上げてしまった。

静かなピアノ曲が流れる店内で女子高生など一人もいない。百花は慌てて口を両手で押さえて、居《い》たたまれなさに肩を竦《すく》めた。

「ごめんごめん。驚かせちゃったな。婚約って言っても、俺と婚約したふりをしてほしいってことなんだけどさ」

透の提案に、百花は目を丸くした。

高校生の百花から見れば透は立派な大人で、しかもいわゆるイケメンの部類に入る自慢の幼馴染《おさななじ》みだ。そんな彼がわざわざ高校生の自分に偽装結婚を頼むのは不自然だろう。

「ふりって……透くん彼女いたよね？」

百花はそう言いながら、再びスプーンでパフェを口に運ぶ作業を再開する。

最近はわからないが、高校生や大学生のときは兄とそんな話をしていたのを耳にした記憶がある。もし婚約したふりをするにしても、そういう彼に近い年代の女性の方が信憑《しんぴょう》性もあるだろう。間違ってもパフェを頬張《ほおば》る女子高生に務まるとは思えない。

「うーん。最近はいないかな。それに嘘の婚約がしたいのに本物の彼女に頼んだら、すぐに結婚しなくちゃいけなくなるだろ」

「え？　どういうこと……？」

本物の彼女との結婚の何が悪いのだろう。普通は好きで一緒にいたいからお付き合いをするわけで、結婚しないのに婚約者のふりをするよりよっぽど建設的だ。

聞けば聞くほどわからなくなり顔を顰《しか》めた百花を見て、透はクスクスと笑いを漏らす。

「わかりやすく言うと、俺はまだ結婚したくないんだ。まだ社会に出たばかりの半人前だし、今は仕事に集中していたい。でも父も祖父も会社のことがあるから早く結婚しろってうるさくてさ。それで、高校生のモモとの婚約だけしておけばすぐに結婚式ってことにはならないと思ってね。父も昔から娘みたいにモモのことを可愛がってるから、婚約の話が出たんだと思うんだ」

確かに百花の両親も透を気に入っているし、二人が婚約すれば大喜びすることは間違いない。透の言う通り、高校生の自分が相手ならすぐに結婚と急《せ》かされることもないし、家族同士で許嫁《いいなずけ》だと決めておけばそれだけで満足しそうだ。

透は十歳の時に母親を病気で亡くしている。百花は生まれたばかりで透の母のことは記憶にないが、とても綺麗な人だったらしい。当時、神宮寺家はすでに祖母も他界しており、祖父と父だけの男所帯の中で育つ透を心配して、百花の母が頻繁に家に招くようになった。

兄と同い年だったこともあり、物心がついた時から榊原家に出入りしていた透は、百花にとってもう一人の兄のようなものだった。

「モモは大学にも進学するだろ？　その間親にもうるさく言われないし、俺も仕事に集中できる。ね？　モモには迷惑かけないって約束する。とりあえず口約束だから、お互いの家族の間だけで婚約者ってことにしておいてくれればいい」

「……でも」

そんなに簡単にいくだろうか。百花の疑問に透は笑って首を横に振る。

「大丈夫。会社同士の繋がりの政略結婚みたいなものだし、親父たちはモモのこと可愛がってるから形だけでも満足するからさ。それにすぐ結婚するわけじゃないし、婚約だけなら友達に話す必要もないから、モモの生活は何も変わらないよ」

透には子どもの頃から可愛がってもらっているし、時折食事や遊びにも連れ出してもらっているから、できれば役に立ってあげたいところだ。それで透の父や両親が安心してくれるなら嬉しいし、婚約者のふりといっても、相手が透ならちょっとした優越感も覚えてしまう。

百花はそれ以上あまり考えもせず、透の提案に頷《うなず》いていた。

「わかった。透くんが困ってるなら協力する」

「ホント？　モモ、ありがとう！」

喜んだ透に両手をギュッと握りしめられたときはドキリとしたが、二人の間にこの六年間それ以上の接触はない。

一応順調な付き合いをしているという態でたまに一緒に食事や映画に出かけたりはするが、透とは婚約をする前から一緒に遊びに行くのが普通だったから、百花の生活に大きな変化はなかった。

もちろん普通の婚約ではないから男女の特別な関係などないし、むしろ透がしっかり見てくれているだろうという安心からなのか、両親は百花の友人との交際関係に口うるさくなくなった。兄の拓哉が門限だのなんだのと騒ぐのを宥《たしな》める側に回ったくれたほどだ。

百花は薬指にはまったままの、透曰くの「婚約指輪」を見つめた。

プラチナの台座の真ん中には大きなダイヤモンド。そしてそのダイヤを挟むように薄いブルーの石が二つ添えられた可愛らしいデザインだ。

百花が三月生まれだから、薄いブルーはアクアマリンだろう。透はそういう細かいことに拘《こだわ》るロマンチストなのだ。

別れ際に百花のイメージでオーダーしたと言っていたが、いったいいつからこの指輪を用意していたのだろう。オーダーなら時間もかかるし、昨夜思い立ってすぐというわけにはいかない。

透は一体いつから自分のことをそういう目で見るようになったのだろう。というか、婚約者の権利とは何なのか。そもそも嘘の婚約に権利などあるのだろうか？

しかし、冗談でこんなに立派な指輪を用意するはずはないと思えて、百花は透の言葉の意味を真剣に考えるしかなかった。

すると急に兄のような存在だった透が家族の枠から外れて、一人の男性に見えてきてドキドキしてしまう。

透は昔から格好よかったし、社内では女子社員にも人気がある。そのうえ仕事もできて社長の息子、御曹司とくればモテないはずがない。

そんな彼とすでに婚約しているのだから、婚約者の権利など主張されたら次に来るのは結婚だ。手を繋いだのなんて婚約が決まったときだけで、それ以上の身体的接触はない。そんな関係で結婚なんてできるのかわからないというのが本音だ。

こうして透のことばかり考えていると、何だか胸が苦しくなってくる。

それは嬉しくて胸が高鳴るというよりは、これから何が変わっていくのかがわからず、不安で胸ていることに驚いた。


がキュッと締めつけられる感じだ。

　そういえばこんなに素敵な指輪をもらったのにお礼も言っていないことに気づく。

　百花は改めて薬指の指輪を見つめて、さすがに会社にはしていけないな、と意外にも冷静に考えている自分に驚いた。

　翌日の日曜日はブライダルフェアの手伝いで忙しく過ごし、さらに翌日の月曜日も通常通りに出社をした。

　透にいきなり婚約指輪を渡されてどうすればいいのか悩んでいたが、あれ以来透から返事を促されることもなく、いつもの日常が始まっていた。

　百花が働くウエディング事業部広報室は本社の一角にある女性中心の職場で、名前の通り自社の宣伝が業務の中心だ。打ち合わせやフェアのときは式場に出向くが、普段はオフィス業務がメインとなる。

　テレビや雑誌の取材を受けたり、広告代理店を通じてイベントを企画したり、ウエディングフェアの助っ人にも行くマルチな職場だ。

「おはようございます！」

　百花がオフィスに入っていくと、すでに出社していた数人が挨拶を返してくれる。

「百花ちゃん、おはよう。昨日はご苦労様」

隣のデスクからにっこり笑いかけてきたのは先輩の大場翠《おおばみどり》で、左の薬指には結婚指輪が光っている。女性の多い職場ということもあり、先輩には既婚女性が多く、出産後に職場復帰する人がほとんどだ。

「昨日はお子さんの保育園の運動会どうでした？　お天気が良くてよかったですね〜」

「フェアの日なのにお休みいただいてごめんね。久しぶりにじーじとばーばに会えて、娘も嬉しそうだったわ。それより当日ご成約数はどうだった？　百花ちゃんの初企画だったから、もう気になって気になって」

翠の言葉に、百花はぺこりと頭を下げた。

「ありがとうございます。おかげさまで目標数達成できました！」

「やったじゃん！　大丈夫だとは思ってたけど、やっぱり目標達成は嬉しいわよね」

「翠さんが過去のご来場者様でご成約いただいていない方に積極的にご案内を送ってくれたからです。ありがとうございました！」

ブライダルフェアはすでにご成約のお客様にプランを見ていただく以外にも、フリーの来場者から当日成約や次回の相談予約をいかに取るかが大切で、広報はフェアのたびに色々な提案を行っている。

今回は百花が初めて企画したアフタヌーンティーが目玉になっていて、翠はそれを心配してくれていたらしい。

企画は平日の式の予約がない時間帯に、式場をアフタヌーンティーで解放するというものだった。アフタヌーンティーなら結婚の予定がない一般のお客様でも足を運んでくれるし、式場内は写真映えするスポットが多いから、自由に撮影してSNSで紹介してもらえれば式場としての認知も高まる。

今回は当日ご成約のお客様にはペアでアフタヌーンティーにご招待という特典を用意したのだ。

SNSで話題になり始めていたこともあり特典は好評で、式場のスタッフからも季節によってアフタヌーンティーのイベントをやってはどうかなど、積極的な提案も出たほどだった。

「これからどんどん次の企画を仕込んでいかないとね。アフタヌーンティーはグルメ系雑誌からの取材申し込みもきてるし、上も推してくれると思うよ」

勤続十年の翠がそう言ってくれるなら安心だ。

「そうだ。百花ちゃん頑張り屋だから、関西のニューオープンのスタッフに応募してみたら？」

「何ですか、それ？」

初めて聞く話に、百花は首を傾げた。

「さっき社内メールで回ってきてたんだけど、いよいよ我が社も本格的に関西に進出だから気合い入ってるのね」

翠の言葉に、百花はパソコンの電源を入れてメールチェックをする。件《くだん》のメールはすぐに見つかり、百花はざっと内容に目を通した。

これまでウエディング事業は首都圏でしか展開されていなかったのだが、今回満を持して関西方面に進出するという話は去年から聞いていた。

メールでは、そのオープニングスタッフとして三ヶ月から半年現地へ行くメンバーを募っていて、社歴や年齢問わず応募してほしいという内容だった。

しかも本人が希望すればそのまま関西のスタッフとして働くことも可能で、そうなれば現地で重要なポジションが約束されたようなものだ。

社員の中に、できれば地元で就職したかったという人もいるから、関西に異動を機に地元で働けると喜ぶ人がいるかもしれない。期間限定の勤務も選べるのなら、誰にとっても興味深い仕事だろう。

その後の朝礼でも上司から同じ話があり、勉強にもなるから若手もどんどん応募してほしいとのことで、広報室からも人を出したいので百花も応募を勧められた。

入社二年目にしてやっと仕事が面白いと思えるようになってきた百花は、一から自分たちの手で式場作りに携わることができるのは面白いと思った。

ただこれに応募すると長期出張扱いになるから、実家の両親はともかく兄は寂しがりそうだと思いつつ、応募要項をプリントアウトした。

そのあとは通常業務で、その日の午前中はフェアで回収したアンケートの整理で終わってしまった。

以前は式場スタッフがアンケートのまとめを作成していたのだが、日々の作業が多い現場スタッフだとアンケート整理になかなか時間が割けずフィードバックが遅くなるので、ここ数年は広報室がデータ化して共有することになっている。

一般的な項目の集計をグラフ化し、目新しい意見やお客様の要望を抜き出して資料を作り、今後のフェアの参考にするのだ。

お昼になり翠と外でランチを取って戻ってくると、いつもならこんなところにいない人が広報室の入口に立っていた。

先に気づいたのは翠で、

「専務、お疲れさまです」

という声に、百花はやっと透の姿に気づきドキリとして足を止めてしまった。

一昨日の昼に家に送ってもらってから、透とは連絡を取っていない。まさかこんなところで顔を合わせると思っていなかった百花は、心の準備ができておらずその場で固まってしまう。

「百花ちゃん？」

隣を歩いていた翠が訝《いぶか》るように振り返ったけれど、百花の動揺には気づいていないのか、

「先に行ってるね」

そう言ってから透に会釈をしてオフィスに入っていった。

二人が子どもの頃から一緒に過ごした幼馴染《おさななじ》みなのは社内でも知られているので、こんなところ

で透が待っていても不思議には思わなかったらしい。

「モモ」

名前を呼ばれただけで心臓が跳ねる。頭の中に、一気に一昨日の朝のことが押し寄せてきてどんな顔をすればいいのかわからなかった。

「指輪、してないんだ」

透の言葉にギョッとする。もしかして透はそれを確認しに来たのだろうか。

「あ……っ」

悪いことをしているわけでもないのに左手をサッと背中に隠すと、頭上で透がクスリと笑いを漏らした。

「冗談。さすがにまだ会社にはして来られないだろ。わかってる」

からかわれたのだとわかりホッとしたけれど、一瞬透の目にがっかりしたような光が浮かんだので、何だか良心が咎めてしまったのだ。

「……もう」

唇を尖らせ上目遣いで睨《にら》むと、透がさらに笑みを深くした。

「でも、モモがこうやって罪悪感を持ってくれたのなら、指輪を渡してよかったかも」

どういう意味だろう。問うような百花の視線には答えず、透はさらりと話題を変えた。

「モモ、明日の夜は時間取れる？」

「あ、うん」

「久しぶりに一緒に食事に行こう。前にモモが行きたいって言ってたイギリスのマナーハウスみたいなレストラン。あそこの予約が取れたんだ」

「ホント⁉」

透と会うことが気まずいと思っていたことも忘れて誘いに飛びついてしまう。

東京の郊外にあるレストランなのだがウエディングにも利用できるそうで、仕事の参考にもなるので一度行ってみたいと透に話したことがある。まさか覚えていてわざわざ予約を取ってくれるとは思わなかった。

「夕方車を頼んでおくから一緒に行こう」

「うん！」

百花が力一杯頷《うなず》くと、透はなぜかホッとしたように溜息を漏らした。

「……どうしたの？」

「ん？　勝手に予約しちゃったから、断られたらどうしようかと思ってたんだ。だから良かったっていう溜息」

「……な、何それ」

とっさに茶化すように笑ったけれど、透の言葉一つひとつが、まるで蜂蜜のように甘く聞こえるのはなぜだろう。今まで何度食事に誘われても、こんなふうに感じたことなんてなかったのに。

この面映《おもは》ゆいような、くすぐったい気持ちはなんなのだろう。

「わ、わざわざ言いに来てくれなくても、アプリでメッセージ送ってくれればよかったのに」

素っ気ない返事なのに、透は唇を優しく緩める。

「俺がモモの顔を見たいから来たの。じゃあね」

そう言うと手を伸ばして百花の頭を優しく撫でた。

「午後も頑張って」

わずかに前屈《まえかが》みになり、百花の瞳の中を覗き込み、形のいい唇が甘いカーブを描く。そんなふうに見つめられるのは初めてで、百花はカッと頭に血が上るのを感じてギュッと目を瞑ってしまう。

「……っ」

次に目を開いたとき、透はすでに背を向けて歩き出していて、百花はその背中が廊下の角を曲がるまでただ見つめ続けることしかできなかった。

やっぱりいつもの透じゃない。優しいのはいつも通りだが、言葉の一つひとつに甘さが滲んでいて、その声を聞くと背中がざわりとして落ち着かない気持ちになる。

これが透の本気の婚約者モードだというのなら、身が持ちそうにない。

これまでも優しくしてもらったし、甘やかされてきた自覚もある。でも本気宣言の後からの透は何かが違うのだ。身の危険を感じると言ったら透は怒るだろうか。

その感想はあながち間違っていなかったと気づくのは、そう先のことではなかった。

＊＊＊

お目当てのレストランは東京の郊外、武蔵野エリアに位置していて、都心からなら車で一時間もかからない。都心に近いのに自然豊かな大きな公園も多く、そのレストランも公園のような広い敷地の奥に隠れていた。

イギリスのマナーハウス、つまり貴族の邸宅を模したレストランで最近人気のカジュアルなレストランウエディングやガーデンウエディングに対応していて、テレビやＳＮＳで取り上げられ注目が集まっていた。

百花は店の前で車を降りると、優美な建物を見上げて溜息を吐いた。

「素敵。ここだけイギリスみたい」

大学生のとき三週間ほど語学研修でイギリスに行ったときに目にした郊外のホテルを思い出すような建物だ。ここまで本格的なら、海外ウエディングの雰囲気で挙式することもできそうだった。

「資料用に写真とか撮ってもいいのかな？」

思わずそう口にすると、透が小さく笑う。

「仕事熱心だね。店を下見に来たカップルって設定ならお店の人も喜んで対応してくれると思うよ」

「えっ」

確かにカップルだが、改めて言われると急に恥ずかしくなる。

「婚約してるんだから嘘をつくわけじゃないだろ。まあここで結婚式となったら周りがうるさそうだけどね。モモがここで式を挙げたいって言うなら、俺が親父を説得するけど」

「……べ、別にここじゃなくても……」

冗談なのか本気なのかわからない口調に、百花はモゴモゴと口の中で呟《つぶや》いた。

これまで透と結婚式をすることなど考えたことがなかったが、自社でウエディング事業に力を入れているのだから、今後のことも考えればその施設で盛大にやるのが普通だろう。

透と結婚することが公になれば仕事がしづらくなりそうだ。というか、結婚したら仕事は辞めなくてはいけないのだろうか。

「モモはどんな結婚式がいいの？　ウエディングの仕事をしてたら、こだわりも出てくるんじゃない？」

今すぐにでも結婚式の打ち合わせが始まりそうな雰囲気に、百花が言葉を詰まらせたときだった。

「ようこそいらっしゃいました」

タイミングよくかけられた店員の出迎えの声に遮られて、ありがたいことに返事はうやむやになる。百花は内心ホッと胸を撫で下ろした。

案内されたのは個室で、初めての来店だと知るとスタッフがあれこれと店の説明をしてくれる。

昼はランチタイム以外に英国式アフタヌーンティーも行っているそうで、自分の企画と重なる部分があり、是非、昼の時間帯にも来店してみたいと思った。

後でSNSを検索してどれぐらい注目されているかチェックしてみよう。オーダーを終え店員が部屋を出て行くのを見送りながら、そんなことを考える。

「そういえば、今展開している広報の企画もアフタヌーンティーだったね。あれってモモの企画なんだって？」

透の言葉に目を丸くする。

「え？　知ってたの？」

「もちろん。顧客獲得にも繋がっているし、評判がいいって情報も上がってきてるよ。SNSでもかなり投稿が増えていて、注目されてるって聞いた」

その言葉を聞き嬉しくなる。翠や上司からはいい企画だと褒められていたけれど、透のところまで話が届いているのなら、お世辞ではなかったということだ。

「あのね、今回のアフタヌーンティーはSNS映えにこだわったの！　レストランスタッフと何度も試食会をしたり、撮影をしたり大変だったんだ」

「うん」

「日曜日のブライダルフェアで当日のご成約特典でアフタヌーンティーのご招待をつけたから、きっとまたそのお客様たちがSNSで紹介してくれると思うんだよね。季節によってメニューも変えたいし、モニターを募集して試食会をしてもいいかも」

「じゃあ他のアフタヌーンティーも参考のために見に行った方がいいね。モモが行きたいお店に一緒に行こうか」

「本当⁉　行きたい！」

褒められたことが嬉しくてつい饒舌《じょうぜつ》になってしまったけれど、透がニコニコしながら耳を傾けてくれるから、もっと聞いてほしいと思ってしまう。

考えてみればかなり年が離れていることもあり、子どもの頃からこうして話をするのはいつも百花で、透はもっぱら聞き役だった。

おしゃべりの間に料理が順番に運ばれてきて、前菜にはイギリスの代表的なオードブルの盛り合わせ、スープに冷製サラダ、メインはビーフウェリントンという牛フィレ肉のパイ包みと、話をしながら次々に平らげていく。

昨日食事に誘われたときは婚約のことや指輪のことが気になって不安だったけれど、いつの間にかいつも通りの二人に戻った気がしてホッとする。

これぐらいの距離感が自分たちにはちょうどよかったと思うのに、透はそうではないのだろうか。

上目遣いで様子を伺うと、百花の視線に気づいて透が眉を上げた。

「美味しくない？」

「ううん。お、美味しい。イギリス風のレストランってあまり行ったことないし」

そう美味しい料理を楽しめばいい。せっかくいつもの調子に戻ったと思っていたのに、気づくと透のことを意識している自分がいるのだ。

「何か言いたそうだね。言ってごらん」

もう一度問いかけられて、百花は思いきって口を開いた。

「あの、今日って……デートなのかなって」

口にしてみるとなんだかくだらないことを尋ねてしまった気がして、自然と頬が熱くなる。

「なるほど。モモは一応俺のこと意識してくれてるんだ」

「ちが……」

「そしてデートの気分を味わっている、と」

「違うってば！」

透が嬉しそうに微笑むのを見て、さらに恥ずかしくなる。まるで子どもの成長を喜ぶ父親みたいな顔だ。

そこに店員がデザートを運んでくる。生クリームがたっぷり添えられたチョコレートケーキにはナッツやドライフルーツがたっぷり入っていて、一瞬ワクワクしたがすぐに先ほどの緊張感が戻ってくる。

すると透が苦笑いを漏らした。

「そんなに緊張しなくていいよ。さっきまでいい感じで仕事の話をしてただろ。いつもの食事と一緒だよ」

「そうだけど……」

「まあモモが俺を男として見てくれているのは嬉しいけどね。今まではどう頑張っても拓哉と同じ兄貴ポジションだったから、そんなにすぐにモモの意識が変わるとは思ってない」

そうなのだ。兄のように慕っていた人をいきなり結婚相手として見ることに無理がある。というかどうしても戸惑ってしまうのだ。

透のことは大好きだし、男性としても格好良いと思う。でもそれが恋とか愛かと聞かれるとよくわからなかった。

「……今まで通りじゃだめなの？」

思わずそう口にしてしまったが、透は曖昧な笑みを浮かべただけで話題を変えてしまう。

「ほら、モモ、チョコレートケーキ好きだろ。食べな」

「……う、うん」

「帰りは少し歩こうか。いつもなら店にタクシーを呼んでもらうところだけど、せっかくだから大通りまで散歩するのも悪くないだろ」

デザートと食後の紅茶をいただいて店を出ると、透が腕を伸ばし百花の小さな手を自分の手の中に収めてしまった。

自分の体温なのか、それとも透の体温なのかわからないが、キュッと握りしめられた手は少し熱い。

　二人で手を繋いだことなんて子どもの頃から何度もあるのに、今日は今までとは違う不思議な擽《くすぐ》ったさがある。いっそ振りほどいてしまえばいいのに、それをするのはもったいないような気がしてしまうのは、自分の感情がおかしくなっているとしか思えなかった。

　来るときは車だったので気づかなかったが、店の敷地は大きな公園に隣接していて、大通りまでは公園を抜けていけば近道だという。

　土地勘のない百花は、外灯に照らされた遊歩道を透に手を引かれながら歩くしかなかった。

「そういえば、ウエディング事業部、大阪のオープニングスタッフの募集始めただろ。モモは応募するの？」

　夜の公園の雰囲気に飲まれていた百花は、いつもの声音で仕事の話を振られホッとして頷いた。

「うーん、考え中なんだよね。上司や先輩には応募したらって勧められてるんだけど、半年も東京を離れるとなるとお兄ちゃんが寂しがるかなって」

「ははは。でも拓哉は寂しくなったら、大阪まで会いに行くだろ」

「……た、たしかに」

　兄ならやりかねない。百花が思わず顔を顰《しか》めると、透が繋いでいた手にギュッと力を込めて立ち止まった。

「ちなみに」

誘われるように見上げると、瞳の中をジッと覗き込まれる。

「俺も寂しい」

「……っ」

たったそれだけの言葉なのに、重なった視線から色々なものが流れ込んでくるようで胸が苦しい。

言葉ではないのに、本当に透が自分と結婚しようとしていることを感じてしまった。

でも自分の心はまだ決まっていない。透は予《あらかじ》め指輪を用意するぐらい前から考えてくれていたと言うが、百花が透の本気を知らされたのはつい先日なのだ。

「モモ」

心臓がどうしようもなく騒いでいて、名前を呼ばれるだけで息ができなくなる。顔が火照《ほて》って、何と答えればいいのかわからなかった。

「も、もぉ！　そういう……思わせぶりな目で見ないで！」

照れ隠しに早口で言うと、これ以上赤い顔を見られたくなくてプイッと顔を背ける。

「モモにはそう見えるんだ？」

嬉しそうな透の声がして、その笑いを含んだ声音を聞けば、百花が彼のことを意識していることに気づかれているのが伝わってくる。

「モモが少しでも俺のことを意識してくれているなら嬉しいんだけどな」

「い、意識なんてしてない、もん……っ」

俯いたまま否定すると、透はクスクスと笑いながら大きな手で百花の頭を撫でた。

「でもまあ、モモが本当に行きたいのならチャレンジしてみたら？」

意外な言葉に、百花は恥ずかしがっていたことも忘れて顔を上げた。

「え？　いいの？」

もしかしたら婚約のことがあるから反対されるのではないかと思っていたのだ。

「だって、モモは今が一番仕事が楽しいときだろ。色々経験してみるのはいいことだと思うよ」

「う、うん」

「あ。もしかして俺が反対すると思った？」

その通りなので素直に頷《うなず》いた。さっき寂しいと言われたとき、ドキリとしたあとに嬉しいとも思ってしまったのだ。

家族以外で自分がいないと寂しいと思ってくれる人がいるのは幸せだ。その人の一部になれたような気がする。

「六年も待ったんだから、俺は焦るつもりはないよ。まあなるべく早くモモにも結婚のことを考えてほしいけど、モモはまだ若いしやりたいこともあるだろ」

理解のある婚約者を演じようとしているわけではないだろうが、こんなふうに女性の仕事に理解がある男性は珍しい気がする。いくら男女平等とか今は共働きが当たり前だと言われていても、実際に結婚したら女性の方が男性の仕事に合わせることの方が多いし、転勤など相手の仕事の都合に振り回されるのも、まだまだ女性の方が圧倒的に多いと聞く。

もしかしたらその言葉だけでも、世の女性が飛びついてしまいそうな好条件の相手なのではないだろうか。

透の理解ある言葉に一瞬喜んでしまったが、すぐにそれよりももうひとつの言葉の方が気になって口を開いた。

「あの……六年って……婚約した頃から、ってこと？」

当時の自分は高校生だ。もう社会人だった透がそんな子ども相手に本気で結婚を考えていたなんて信じられなかったが、透はあっさりと頷《うなず》いた。

「そう。本当は将来的にモモと結婚できるなら理由なんて何でも良かったんだけど、俺も周りがうるさくなってたからね。それに気持ち悪いと思わないでほしいんだけど、俺にとっては小さいときからずっとモモが一番可愛かったし、モモより大事な女の子なんていなかったんだ。だから自然と結婚のことも考えるようになってた」

この六年間、そんな素振りなど一切見せなかった透の言葉に驚きすぎて嬉しいというより呆然としてしまう。

しかもいつもスマートで社会的にも地位があり女性にもモテる透が、こんなにも一途なタイプだなんて信じられない。

今まで何も考えず無邪気に透と過ごしてきたのに、そんな目で見られていたのかと思うと恥ずかしくてどうしていいのかわからなくなる。

わがままもたくさん言ったし、もっと子どもの頃は兄にするように透に子どもっぽい八つ当たりだって何度もしたことがある。そんな自分のどこを見て好きになってくれたのだろうか。

ふと透の年齢と子どもの頃の記憶を思い出し、百花はわずかに眉を顰《しか》めた。

「でも……透くんって、付き合ってた女の子とかいたよ……ね？」

百花が小さい頃、つまり透が高校生や大学生の頃は付き合っている彼女のことを耳にしたことがある。九歳も離れているのだから当然というか、むしろそんな小さい頃からと言われたら怖いが、何にしろ透には女性との交際経験があるはずだ。

責めるのではなく確認のつもりで口にしたのだが、透はなぜかばつの悪そうな顔をした。

「あー……んー……でも、モモと婚約をしてからは誰とも付き合ってない。モモ一筋だって誓う！」

「べ、別に誓ってくれなくても」

「いや、絶対モモだけだから。モモは信用してないみたいだけど、俺一途だからモモのことめちゃくちゃ可愛がるし大事にする。疑うなら証明してみせようか」

透はそう言うと、繋いで手を引っぱってもう一方の手で百花の腰を引き寄せてしまう。

「な、何⁉　いきなり」

「そんなに驚かないでよ。仕事もそうだけど、百花にはもう少し婚約者っぽいことも体験してもらわないとね。俺にこうされるのは嫌？」

「い、嫌じゃないけど……なんかドキドキする……」

ここできっぱり嫌と言えないのが百花で、そのまま近くのベンチに座らされてしまった。

「今日は指輪つけてきてくれたんだな」

透は百花の手を握り、指先で薬指の指輪をなぞる。触れられているのは指なのに背筋がゾクリとして小さく身体を震わせてしまう。とっさに手を引き抜こうとしたけれど、逆に指を絡ませられ恋人繋ぎにされてしまった。

夜の公園は外灯の明かりがあると言っても薄暗く、何となく後ろめたくなるような空気だ。

「すごく似合ってる」

「……ありがとう。オ、オフィスではできないから……今日ぐらいと思って」

やはりもらったものをしまっておくのも失礼だし、昨日一瞬でも透のがっかりした顔を見てしまったから、二人で食事をするときぐらいならかまわないだろうと思ったのだ。でも、これでは結婚を受け入れたことになってしまうのではと急に心配になる。

「そういえば、指輪のこと誰かに話した？」

「え？　友達にってこと？」

「違うよ。おじさんやおばさんに俺から指輪をもらったって話したのかなって」

「……まだだけど」

自分でも状況がよく飲み込めていないのに、誰かに話してしまったら、誤解を生んでしまいそうだ。でも家同士の付き合いを考えたらいずれは両親に話さなければいけない。透もそのことを心配しているのだろう。

「……言った方がよかった？」

「別にいいよ。焦るつもりはないって言っただろ。モモが報告したいタイミングまで待ってる」

「う、うん」

透が百花の気持ちが固まるのを待ってくれているのは嬉しいが、やはりこうして透と指を絡ませ合うのはムズムズとして落ち着かない。

「少しずつ恋人らしいことも試していこう」

「恋人らしいこと？」

「そう。こうやって二人で食事に行ったり散歩するなんて、今までとあまり変わらないだろ。だからもう少し恋人らしいことを試してみたくない？」

「も、もぉ……手、繋いでるし」

相変わらず恋人繋ぎでギュッと握られたままの手を見下ろすと、透が小さく笑う気配がした。

「じゃあ俺に抱きしめられたりするのは？　嫌？」

さっきと同じ質問の仕方だ。百花が嫌だとは言えないような言い方をするなんてずるい。

「そ、そんなことはないけど……」

そう返すしかないが、透に抱きしめられる自分なんて想像できない。

「じゃあちょっとだけ試してみようか」

――ちょっとだけって、どういうこと？　思わずそう聞き返してしまいそうになった百花の前で、透は繋いでいた手をほどき、百花の方に身体を向け両腕を開いた。

「モモ、おいで」

「は……？　い、今⁉」

「うん、今。こういうのは思い立ったときに試さないと」

思い立ったのは透であって百花ではない。それなのに百花から抱きしめられに行かないといけないのはおかしい。しかし目の前で腕を広げられていたら急《せ》かされているようで、そうしなければいけないような気持ちになってしまう。

「し、失礼します……」

ボソボソと呟《つぶや》き、俯《うつむ》いたまま透の胸の中にもたれかかった。どんなに頑張っても透のように腕を広げて抱きつくことはできなかった。

ふわり。腕の中に抱きしめられたとたん、透の腕の中で目覚めたときと同じ香水の香りを胸いっぱい吸い込んでしまう。

隣に並んでいたときは気づかないぐらいの香りだったのに、この特別な距離のときだけわかるようなわずかなものだった。

強い香りではないはずなのに、頭がクラクラして、百花は微《かす》かに背筋を震わせる。すると透が気遣うように言った。

「モモ、大丈夫？　怖くない？」

「へ、へーき……」

そう答えたけれど、実際は心臓が派手に暴れ回り呼吸が浅くなって、うまく息ができない。はぁはぁという自分の呼吸が妙に大きく聞こえて、これではまるで一人で興奮しているみたいだ。

「モモ、顔上げて」

言われるがままに視線を上げると、思っていたよりも近くに透の顔がある。街頭の灯りの加減で影ができてしまい、表情がよく見えないのが不安な気持ちに拍車をかけた。

「あ、の……」

もう離れた方がいい。この雰囲気でこの体勢なのだから、いくら男性との交際経験のない百花だって、次に何が来るのかは本能的にわかっていた。

透はそんな百花の葛藤に気づいているはずなのに、たっぷりと時間をかけて百花を見下ろしたあと、ゆっくりと端正な顔を傾ける。

「……っ」

顔を背《そむ》けなければダメだ。そう頭ではわかっているはずなのに、透とキスをしてみたいという好奇心が疼《うず》く。躊躇《ちゅうちょ》している間に、百花の小さな唇に透のそれが重なっていた。

「……ん」

触れた瞬間、驚きからわずかに声が漏れる。透の唇は想像していたよりも柔らかくて、それに少しひんやりとしていた。

透は何度か角度を変えて、ゆっくりと唇や口の端にキスをする。唇と唇を重ねるだけの優しいキスは、まるで子どもに教え込むように一つひとつの仕草が丁寧なのに、甘ったるい。擽《くすぐ》ったいような、もどかしいような、気持ちがいいのに満たされないような切ない気持ちになるキスだった。

「どう?」

どれぐらいの時間そうしていたのだろう。透の声に意識が現実に戻ってくる。

「……」

「大丈夫?」

もう一度問いかけられ、百花は子どものようにこっくりと頷いた。

頭がジンジンとして熱を持っていて、考えがまとまらない。たった今夢から覚めたみたいに頭がぼんやりしていて、終わってみるとよく覚えていなくて、唇の熱さだけが妙に生々しい。

透は呆けたままの百花に苦笑して、手のひらで優しく頬を撫でた。

「今夜ベッドに入ったら俺とキスしたことを思い出してみて」

まるで暗示のような言葉に、百花はもう一度頷《うなず》くしかなかった。

実際にこのキスは暗示だったのではないかと、百花は後になってから思ったことがある。

このとき、百花は透のことをさらに意識する魔法をかけられてしまったのだ。

2

透の本気発言から一月ほどが過ぎた。恋人らしいことを試してみようという透の提案で、何度か仕事終わりや休日に食事や買い物に出かけたけれど、特に大きな進展はない。

最初の提案の時のように手を繋ぐようなことはあっても、あの夜のようにキスをすることやそれ以上のことを求められなかったので、百花はすっかりこの状況に慣れてきてしまった。というか本当にキスをしたのかも疑いたくなってくるぐらい、これまで通りだった。

そもそも、透が百花を急かしてまで結婚を焦っているとは思えない。

年齢的には三十二歳で結婚していてもおかしくない年だが、地位もお金もあり容姿端麗でもあるから、その気になればいつでも結婚できると、本人も焦っていないのだろう。

百花はウエディングフェアの受付カウンターに座りながら、幸せそうなカップルのやりとりを見てそんなことを考えた。

今日も日曜出勤でウエディングフェアの手伝いに来ているのだが、式場見学に訪れるカップルはみんな幸せそうで、始終ニコニコしながら見つめ合っている。まさに幸せの絶頂という感じだ。

プランナーさんに言わせると、ここから本格的な式の準備になるとお互いの考えの違いや家の希望などがぶつかり合い、この幸せそうな笑顔が消えてしまうこともあるという。

　ふと受付用紙に記入をしている女性の薬指に光る指輪に目が留《と》まる。

　考えてみれば、透と自分も一般的な順番では婚約者としてすでにこのラブラブ状態に達していなければおかしいが、相変わらず兄と妹という空気からは脱していない。

　透に見つめられるとドキドキするが、よく少女漫画に出てくるような恋のときめきというよりは、物理的に近づかれることへのドキドキに似ている気がするのだ。

　恋愛経験がないので判断材料が少女漫画というのも情けないが、透とは漫画のように恋に落ちた気がしない。運命的な出会いとか、忘れられない出来事があればわかりやすいのにと思ってしまう。

　そもそも自分は――透と本当に結婚したいのだろうか。

「うーん」

　考えに入り込みすぎていたせいで、仕事中なのに思わず声が漏れてしまう。ハッとして顔を上げるとお客様が不思議そうな顔で百花を見つめていた。

「あのぅ……記入できました」

「し、失礼いたしました。ご記入ありがとうございます」

　慌てて用紙を受け取り、記入漏れがないか確認する。館内の案内やタイムテーブル、来場の記念品などが入った紙袋を手渡し案内のスタッフに引き継ぐと、その後ろ姿を見つめながらホッと息を漏らした。

最近は仕事中でもすぐに透のことを考えてしまうが、仕事中はやめようと自分に言い聞かせる。これが正解という答えがないからいつまでも考え続けてしまい、このままでは仕事がおろそかになってしまいそうだ。

「よしっ！」

百花がカウンターで気合いを入れ直したところで、まるでタイミングを見計らったかのように式場のスタッフが近づいてきた。百花とそう年の変わらない、若手のスタッフだ。

「榊原さん、お疲れさまです。受付変わります」

「え？　まだ交代の時間じゃないですよね？」

「いえ、大場さんがすぐに来て欲しいっておっしゃってます。模擬披露宴の花嫁さんが当日キャンセルの連絡をしてきたみたいで」

「ええっ⁉」

思わず大きな声を上げて立ち上がってしまい、近くにいたお客様の注目を集めてしまう。

「し、失礼いたしました……」

慌てて頭を下げたが、かなりの緊急事態だ。

今回はウエディング専門誌とのコラボ企画で、花嫁体験として模擬披露宴を一般の方に体験していただくという、広報室主導で進めていたイベントなのだ。

以前から式場として結婚を控えた一般の方に募集をかけてウエディングドレスやカラードレスで

模擬結婚式に参加してもらうというイベントを行っているが、今回は取材も入っている。翠はさぞ慌てていることだろう。

「じゃあとりあえず私行きますね。受付お願いします」

百花はスタッフに頭を下げて、早足で控え室に向かった。

「翠さん！　キャンセルってどういうことですか！」

部屋に入るなり叫んだ百花に、翠は苦笑いを浮かべる。

「さっき連絡が来たんだけど、モデルさん、おめでたらしいのよ。つわりがひどくてどうしても動けないって」

「そんな……」

時計を見上げると、模擬披露宴が始まるまではあと二時間ほどだ。代わりを探そうにも、一般公募だからモデルクラブの手配のように代役を探すのは難しいだろう。

「困るのよね～……おめでたはかまわないんだけど、体調不良なら予《あらかじ》め言っておいてもらわないと。素人モデルさんは、たまにこういうことがあるのよ」

そう言いながら、翠はさして慌てた様子には見えない。百花は模擬披露宴がどうなるのか気が気でないのに、やはり慣れなのだろうか。

「どうするんですか？」

そう尋ねてから、披露宴とは別のバンケットホールでウエディングドレスのファッションショーが開催されることを思い出す。

そちらはショーなのでプロのモデルを呼んでいるから、そちらのモデルさんに代役を頼めないだろうか。

しかし翠は百花の提案に首を横に振った。

「ショーは二回で模擬結婚式はその間の時間だから物理的には可能だけど、契約上それは難しいわ。休憩時間にこちらの都合で働けとは言えないし、モデルクラブの契約って結構うるさいのよ。そもそもお金が発生するから上の許可を取らないとだし」

「じゃあ、今日の模擬披露宴は中止ですか？」

「まさか。スタッフが代理をするしかないわね。私も新人の頃着たことがあるわ。まさか自分の結婚式より先にウエディングドレスを着ることになるとは思わなかったけど。因果な商売よね」

翠が何かを思い出すように溜息を吐いた。

確かに、仕事でウエディングドレスを着るのはあまり嬉しくない。もちろん試着のためとか、今回の一般募集のモデルさんのようにすでに婚約していて、自分から希望しての体験なら別だが。

「今日は誰にお願いするんですか？」

百花の問いに、翠はあっさりと言った。

「そんなの百花ちゃんに決まってるじゃない」

「は……？」

「式場スタッフはみんな役目があって忙しいし、こういうのは若手がやるものなの。まさか三十代子持ちの私に着ろなんて言わないでしょ？」

「そ、そんな……」

まさか自分に白羽の矢が立つとは思っていなかったから、翠の言葉に一瞬頭が真っ白になる。人前に出るのが特に苦手なわけではないが、未経験の素人がモデルとして多くの人の前に立つ緊張感は、仕事のプレゼンや営業とは訳が違うだろう。

「ほら、時間ないからすぐに控え室行って着付けしてもらいないさい。誰か百花ちゃん連れて行ってあげて」

「で、でも」

「仕事よ、し・ご・と！」

翠にそう言い切られて、それ以上抵抗することもできず、式場スタッフの案内で着付けのために衣装室に向かうしかなかった。

「じゃあメイクから始めるので、先にメイク落としてくださいね」

「榊原さん、靴のサイズ教えてください。あ、身長も！」

「サンプルの下着を用意したので、こっちに着替えてくださいね～」

待ち構えていた衣装スタッフに囲まれ、あちこちから声をかけられて初めてのウエディングドレスの感慨に浸《ひた》る暇もなく支度を進められる。

すでに模擬披露宴で着るウエディングドレスのデザインは決まっていて、百花の好みではないけれど式場一押しのゴージャスなドレスが運ばれてくる。レースやスワロフスキーが縫い付けられ、丁寧な刺繍も施されていてずっしりとした重みがある。それに裾《トレーン》が引きずるほどの長さで、後ろ姿が写真映えしそうなデザインだ。

「あら、似合うじゃない」

支度を覗きにきた翠が褒めてくれて、百花も思わず笑顔になる。

花嫁役に指名されたときは正直気が進まなかったが、こうしてドレスを着た自分を見ると何だか気分がウキウキしてしまうから不思議だ。

写真を撮っておいて、後で透に見せたらどんな顔をするだろう——そう考えて、ドレス姿を両親や兄ではなく、まず透に見せたいと思った自分に気づいて恥ずかしくなった。

透の発言に戸惑っている顔をしながら、いつの間にか自分だって透にドレス姿を見せて褒めてもらいたいと思っているのだ。

——透はどんなドレスが好みだろう。

今まではそんなことを考えたこともなかったが、もう少し彼の好みにも興味を持った方がいいのかもしれない。いきなり結婚とまではいかなくても、徹が百花の好きなものを把握していて楽しませてくれるのと同じように、百花にも彼に喜んでほしいという気持ちはあるのだ。

「あ、そうだ。新郎は馬淵《まぶち》くんに頼んだよ」

すっかり仕事中なのを忘れて透のことを考えていた百花は、翠の言葉にギョッとした。

考えて見れば模擬披露宴なのだから相手役がいて当然だ。今回キャンセルになったモデルさんは婚約中のカップルだったから、花嫁役が欠席なら当然新郎役も欠席だろう。

となるとこちらも代理が立つのは当然なのだが、まさか相手が馬渕だとは思わなかった。

馬渕は百花の二年先輩で、現在は営業部に所属しているからウエディングフェアの手伝いに来ていたのだろう。百花の好みではないが、整った顔立ちと爽やかな笑顔はいかにも営業という感じで、社内の女性たちの間ではちょっとした人気者だ。

「取材も入ってるし、イケメン営業は上手に使わないとね。馬渕くんが応援に来てくれててよかったわ～」

翠の言葉に噴き出してしまう。転んでもただでは起きないとはこのことで、イケメンはこういうところで使ってやろうという翠の戦略は素晴らしい。

ただ模擬とはいえ馬渕とカップルの役となると、後で女子社員に羨ましがられそうで、その辺は少し面倒くさそうだ。

仕事だから仕方がないのだが、広報室の別の男性社員や式場スタッフとか、もう少し当たり障りない人の方が気楽だったのにと思ってしまった。

やがて模擬披露宴の時間が近づき、ドレスの丈に合わせるために厚底でヒールの高い靴を履かされ、百花はスタッフに介添《かいぞ》えされて控え室を出た。

「歩くときは前に足を蹴り出す感じで歩いてくださいね」

靴を履いたときそうアドバイスされたが、実際歩き出してみてなるほどと頷《うなず》いた。ウエディングドレスはとにかく重いから、普通に歩くと生地がもたついて足元にスカートが絡みついてしまうのだ。ゆっくり歩かないと足がもつれてしまいそうで、一歩一歩確かめながら介添えの人たちを従えて歩くのは、さながら花魁《おいらん》道中みたいだ。

「先輩、めちゃくちゃ恥ずかしいんですけど……」

「何言ってるの！　うちで一番良いドレスなんだからちゃんとアピールして！」

「……はーい」

バンケットホールに向かう途中、写真映えしそうなレプリカの暖炉の前や庭園の入口で立ち止まらされて、来場者向けにアピールさせられた。

あちこちからスマホのシャッター音が聞こえてきて、百花はぎこちないながらも笑みを浮かべてそれに応じる。階段の途中にドレスの長い裾《トレーン》を広げて振り返るように立たされたときは、階段下にたくさんの人が集まってきて、これはさすがに顔から火が出そうなほど恥ずかしかった。

たっぷり時間をかけてやっとバンケットホールの入口までたどり着くと、そこには真っ白なタキシード姿の男性の背中が見えた。

最近のタキシードはシルバー、グレー、ゴールドなど白や黒以外にも様々なバリエーションがあり選べるようになっているが、今日はスタンダードな白らしい。きっと馬淵も百花と同じで衣装のスタッフが出してきたものを着せられたのだろう。

　これから彼と腕を組んで、さらに注目を浴びると考えただけですでにドッと疲れが押し寄せてくる。ドレスを着るのはいいけれど、自分が結婚式をするときはもっと地味に、身内や本当に親しい友人だけを招いたこぢんまりとしたものにしようと心に誓う。

　とりあえず仕事だと割り切って頑張るしかない。百花がそう自分に言い聞かせたときだった。振り返ったタキシード姿の男性の顔を見て息が止まりそうになった。

「と、透くん……!?」

　白いタキシードを身に着けて立っていたのは営業の馬淵ではなく透で、驚きすぎて固まっている百花を見て満足げに微笑んだ。

「どう？　似合う？」

「何で……？」

　ここは職場で相手が上司であることなどすっかり飛んでしまっていて、タキシード姿の透に見惚《みと》れてしまう。

　彼が一般的な男性の中でもかなり整った容姿だとか、社内でも女性に人気があることも理解しているつもりだったが、昔から見慣れているはずの透にこんなふうに見惚《みと》れてしまうのは初めてだ。

「専務!?　どうしたんですか!?　めちゃくちゃ素敵です！」

　興奮する翠の声を隣で聞きながら、百花はすぐには言葉が出てこない。

「たまたま様子を見に立ち寄ったら公募モデルさんが急病って聞いてね。フェアの日に営業が持ち場を離れたら色々不便だろ。だから暇な俺が代役の代役に立候補したんだけど、かまわない？」

「えー専務がやってくださるなら大歓迎ですよ！　今日は取材も入ってたんで助かります！」

「そう？　馬淵くんみたいな若い子の方が良かったんじゃない？」

「とんでもないです！　百花ちゃんも専務がお相手なら気心が知れているし、馬淵君相手より緊張しないですみますから。今もデモンストレーションであちこちアピールして歩いてくるだけで緊張しちゃって。ね、百花ちゃんも嬉しいよね」

同意を求められて、慌ててこっくりと頷《うなず》いた。

「……よ、よろしくお願いします」

百花のぎこちない言葉に、透は苦笑しながら笑顔を返した。

「こちらこそよろしく」

「あ。百花ちゃん、相手が専務だからってリラックスしすぎないでね。少し緊張してる方がリアリティが出るから。じゃあ私、中の確認してきますからこのままスタンバイお願いします！」

翠がバタバタとホールに入っていくと、扉の前には透と二人きりになる。すぐ側に式場のスタッフもいたが、内緒話なら声が届かない距離だ。

「透くん、花嫁役が私だって知ってたの？」

やっと状況が飲み込めてきた百花は、小声で囁《ささや》いた。いくら偶然居合わせたとしても、相手が他の女性でも引き受けていたのだとしたら少しショックだ。

これは仕事だし、専務として会社のために引き受けたと言われたら言い返せないが、偶然引き受けたという言葉は聞きたくなかった。

すると透が溜息交《ま》じりに言った。

「当たり前だろ。今日はフェアに立ち寄る予定じゃなかったんだけど、急に思い立ってよかったよ。危なく模擬とはいえモモを他の男と結婚させるところだった」

まるで子どものいたずらを見つけて、すんでの所でそれを阻止《そし》したような口ぶりだ。

「モモは俺以外の男と結婚式をするつもりだったの？」

そんな言い方をされたら、まるで百花が浮気でもしたみたいで罪悪感を覚えてしまう。

「だって、仕事だし……そ、それに模擬だから！　ふりなんだからね！」

たった今自分が透に求めていた理由を自分で口にすることになるとは思わなかったが、嘘ではない。

それに馬淵が相手だと知りモヤモヤしていた気分が、今はすっかり晴れている。さっきまで感じていた違和感のようなものは消えていて、今は目の前にいる透にただドキドキしてしまっていた。

「俺たちにとっては予行演習でもあるから、モモもどんな結婚式がしたいか考えるのにちょうどいいだろ。うちの式場ならモモがやりたいこと、何でもできると思うよ」

「……」

確かに社長の息子の式なら何でもできるだろうけれど、ついさっき自分には派手な式は似合わないと実感したばかりなのだ。

百花がそのことを口にする前に、スタッフが模擬披露宴開始の合図を送ってきた。ホールの中から司会者の声も聞こえてくる。

「本日は当式場の模擬披露宴にご参列いただきありがとうございます。新郎新婦の準備が整いましたのでご案内いたします。どうぞ拍手でお迎えください。それでは新郎新婦ご入場です！」

司会者の言葉と共に脇に控えていたスタッフふたりが両開きの扉を大きく開いた。とたん、パッとスポットライトに照らされて頭の中が真っ白になる。隣の透が一礼するのに倣《なら》って、百花も慌てて頭を下げた。

翠から一連の流れを説明されていたはずなのにすっかり抜け落ちてしまっている。このあとは各テーブルの間を満遍なく回ってから高砂の席に座ることになっていた。

テーブル席はカップルだけではなく両親と思われる人もちらほら見えて、やはり一番盛り上がっているのは母娘という組み合わせだ。

「あら、可愛らしい。やっぱり洋装は素敵ね」

「お色直しにカラードレスも着たいなぁ」

「ちょっと、新郎の人格好良くない!?」

明らかに若い女性の目はドレスの百花より透に向けられている。普段から社内でイケメンと名高い透がタキシードを着れば、さらに人目を惹いてしまうのは仕方がないが、あまり見ないでほしいという独占欲が湧いてしまう。

「え、新郎役の人ってモデル？　めちゃくちゃ格好良いじゃん！」

緊張していて何も考えられないはずなのに、そんな発言だけは耳に届いてしまう。

各テーブルを回ったあとはウエディングケーキ入刀とファーストバイト、おまけに最近流行のシャンパンタワーまでこなして、模擬披露宴が終わる頃には笑顔を作りすぎて顔が引きつってしまうほどだった。

退場して、そのまま衣装室へと戻ったが、ちょうど時間差で始まるファッションショーの準備のため、モデルさんでごった返している。

「榊原さん、お隣の控え室で待機してもらっていいですか？」

「もちろんです」

本当はすぐにでもドレスを脱いで厚塗りの化粧を落としたかったが仕方がない。それに大役が終わったことでホッとしていてすぐにでも座りたかったので、この際控え室でもどこでもよかった。

介添えのスタッフに控え室に案内してもらうと、透が先ほどのタキシード姿のまま応接セットの一人掛けのソファーに腰掛けていた。

「もしかして、透くんも着替え待ち？」

「そう。ただいまショーの準備で大変混み合っております」

冗談めかした透の言い方に思わず声を立てて笑ってしまった。

「じゃあ空き次第お声がけしますね」

「はーい」

スタッフは百花を長椅子に腰掛けさせると、急ぎ足で出て行く。扉が閉まるのを見送ってから、百花は盛大な溜息をついた。

「あー疲れた！　模擬披露宴だけでこんなに疲れるなら、挙式から披露宴を通しでやったら倒れそう」

百花の感想に、透はクスクスと笑いながら百花の隣に席を移動する。

「モモ緊張してたもんな。でもすごく可愛かった。それにいつもより大人っぽくてドキドキした」

いきなり恋人モードの優しい眼差しと甘い言葉に、忘れていたはずのドキドキが蘇ってくる。最近気づいたが、透はかなりストレートに褒め言葉を口にするから戸惑ってしまう。

こういうときは透も素敵だったと褒めた方がいいのだとは思うのだが、慣れていない百花にはすぐに言葉にすることはできなかった。

「でも、いいリハーサルになったな。少しは俺との結婚式も想像できただろ？」

確かに、相手が馬淵ではなく透だと知った瞬間は驚いたけれど、なぜかホッとした自分もいた。たとえ模擬でも、透以外の人と結婚式をするなんてありえないと考えている自分にも驚いた。

いつの間にか、透のことを自然と結婚相手として見ている自分の気持ちの変化に驚いてしまう。

「そ、想像はできたけど、私、こういう派手なお式は好みじゃないっていうか……」

百花が素直な感想を口にすると、透が笑顔で頷《うなず》いた。

「うん。他には？」

「あと、このドレスも素敵だけど、私はもっとシンプルで可愛い感じが好きかも」

「了解。あとで最新のドレスのカタログを用意してもらおう。もし気に入ったのがないのなら、オーダーしたっていいんだし。他には？　神前式がいいとかチャペルがいいとか希望はある？」

ちょっと感想を言うだけのつもりが、どんどん具体的になっていく内容に我に返る。いつの間にか今すぐプランナーさんが出てきてもおかしくない話の流れになっている。

「ま、待って！　私たちまだ結婚するとは決まってないし！」

「そうなの？　でもモモは今まで一度も嫌だとか結婚したくないって言ったことないだろ。それって俺がモモの結婚相手になっても嫌じゃないと思っているからじゃないの？」

「それは……そうだけど」

透のことは大好きだし、新郎役が透だったことにもホッとした。

結婚と言われるとまだぼんやりとしているけれど、演技でも透以外の男性と腕を組んだり微笑み合ったりするのに抵抗を感じたのは、透が自分にとって特別な男性だからなのだとわかり始めていた。

衝撃的なな出会いや出来事がなくても、恋に落ちることはできる。いつの間にかそう考えるようになっていた。

透が手を伸ばし、白い手袋の上から百花の手をギュッと握りしめる。

「今日の代役が、チャペルでの模擬結婚式の方だったらよかったのなぁ」

今日のチャペルは見学のみにしているが、季節によってはガーデンチャペルで模擬挙式を行うこともある。

透の残念そうな言葉に百花は首を傾げた。

「透くんはチャペル派なの？」

「俺は特にこだわりはないけど、模擬挙式なら堂々とモモにキスできただろ。今日のモモはいつもに増して可愛いから、早くキスしたくてたまらなかったんだ。ずーっとそう思ってたのに気づかなかった？」

身を乗り出す気配に、百花はとっさに胸を反《そ》らせる。けれどもドレスのスカートが嵩張《かさば》ってそれ以上は身動きが取れなかった。

「と、透くん……近い！」

「近づかないとキスできないだろ」

「だって、誰か来たら困るでしょ」

ここは職場で、いつ誰が控え室に入ってくるかもわからないのだ。

「そう、だから静かにして」

透は囁《ささや》くような小さな声で言うと、身動きの取れない百花の腰を引き寄せる。

近づいてくる透の唇に目を奪われてしまい、ちゃんと拒まなければいけないとわかっているのに言葉が出てこない。

「だ、だめ……」

そう言い返す言葉はおざなりで、声は恥ずかしいぐらい震えている。

ゆっくりと透が顔を傾けるのを見て、透が強引だからだとかドレスで身動きができないとか、頭の隅で言い訳をして、百花はギュッと目を閉じた。

初めてのキスより強く押しつけられた唇の感触にドキリとする。濡れた唇が小さな唇を深く覆い息ができない。

驚いて身体を引こうとするが、いつの間にか腰と背中にしっかりと手が回されていて、百花の弱々しい抵抗では逃げ出せそうになかった。

「ん、んぁ……」

そんなつもりはないのに、唇からは勝手に甘ったるい声が漏れる。さらに口を開けろというように舌先で唇の間をなぞられ、背筋をゾクリとしたものが駆け抜け、百花は百花は身体を小さく震わせた。

「ん、ん……ぁ……」

気づくと自分から薄く唇を開いて、透の熱い舌を口腔内に迎え入れていた。

これが俗に言うディープキスかという感想はずいぶん後になってからで、百花のものより厚みのある舌の感触に頭の中が真っ白になっていた。

舌先が歯列をなぞったかと思うと、小さな舌に擦《こす》りつけられる。ざらりとした感触とねっとりとぬめるような熱の刺激に太股がブルブルと震えてしまう。

長椅子に座っていなければ、その場で頽《くずお》れてしまいそうなほど身体に力が入らず、気づくと透の胸にもたれるようにしてキスをされていた。

「ん……ふぁ……っ……」

鼻から抜ける息が熱い。自分の唇からこんな甘ったるい声が漏れているのに、それを止めることができなかった。

この間の夜交《か》わしたキスなど、子どものおままごとだ。そう思ってしまうほど淫《みだ》らな口づけだった。

透はたっぷりと甘ったるいキスをすると、ぐったりと胸にもたれかかる百花の瞼《まぶた》に優しく唇を押しつけた。

「モモ……好きだよ」

そんなことを言われなくても、もうこのキスだけで十分透の気持ちは伝わっている。それなのに改めて耳にすると、もう胸がいっぱいで何も考えられなくなった。

もっと好きだと言ってほしい。いつまでもこうして透の腕の中にいたい。そんな気持ちだった。

「モモ、耳まで真っ赤になってる。可愛い」

長い指がほつれてしまった髪を耳にかける。指先がほんの少し耳たぶに触れただけでビクリとしてしまうほど身体が敏感になってしまっていた。

触れ合っていたのは唇なのに身体のあちこちが疼《うず》くようで、心なしか微熱でもあるかのように身体が熱い。

「ん？」

「透くん……私、何だか変……」

この違和感をどう伝えようか。そんな百花の言葉を遮《さえぎ》るように、式場スタッフの声が飛び込んできた。

「お待たせしました！　男性用の衣装室空きました！」

「……っ！」

驚いて小さく息を飲む百花とは逆に、透は焦る様子もなく立ち上がるとスタッフに笑顔を向ける。

「ああ、ありがとう。すぐに行きます」

扉から顔をだけ覗かせていたスタッフの姿が消えると、透は前屈みになって百花の頬に口づけた。

「今日は来てよかった。また連絡するから、そろそろこれからのことを話し合った方がいいね。今週は忙しいから、来週あたりにどこかで食事しよう。その時に今日の感想を聞かせてくれると嬉しいな」

意味もわからないまま百花は思わず頷《うなず》いてしまったが、話し合うというのは結婚のことだとしても、感想というのはどっちのことだろう。模擬披露宴の感想か、それともキスのことか。

でも、そんなことよりも今はまだ透に側にいてほしい。まだ仕事中なのにそんなことを考えてしまう自分に驚いた。

気づくと手を伸ばし、ジャケットの裾《すそ》をキュッと握りしめる。

「透くん……あの、来週楽しみにしてるから」

百花のすがるような仕草にわずかに目を見張ると、透は優しく目尻を下げて頷《うなず》いた。

「俺も」

笑顔で出て行った透の後ろ姿を見送って、一人になったとたん我に返る。こんなところであんな濃厚なキスをしたら、化粧が崩れてしまったのではないだろうか。

慌てて立ち上がり飾り鏡を覗き込むと、口紅はすっかり取れてしまっている。透の唇に口紅が付いていたかは思い出せないけれど、彼ならうまく誤魔化しそうだ。

手袋を外し、はみ出してしまったリップラインを指で擦《こす》って誤魔化したときだった。

静かに扉が開く気配がして、そこから本来の花婿役だった営業の馬淵が顔を覗かせた。

「お。榊原さん可愛い！」

「ま、馬淵さん、お疲れさまです」

扉をさらに大きく開け馬淵が控え室の中に入ってきたので、百花は慌てて手袋をはめ直した。

「よかった。間に合った。もう着替えちゃったかと思ったよ」

「今、ファッションショーの準備で衣装室が混んでるんで、待機中なんです」

「うん、聞いた。俺は榊原さんの晴れ姿を見に来たからラッキーだったけどね」

馬淵は軽い口調で言うと、百花に向かってウインクをした。

さすが営業マンは口がうまい。百花の唇にも笑みが浮かんでしまう。

「専務はもう着替えに行かれましたよ」

「うん。それも知ってる。だから来たんだし」

「え？」

「花嫁を横取りした専務とは顔を合わせたくなかったんだ」

「ふふふ。横取りなんて大袈裟ですよ」

がっくりと肩を落とす馬淵の仕草につい笑ってしまう。百花のためにわざとがっかりしたふりをしてくれているのだろう。

「榊原さんは専務と幼馴染《おさななじ》みで仲が良いみたいだから、こんなこと言ったら怒られるかな？」

「そんなことないですよ」

「俺は榊原さんの花婿役をやる気満々だったんだよ。でも控え室で着替えようとしてたら専務が飛び込んできてさ、自分が代わりに新郎役を務めるから、君は営業の仕事に戻れって」

「……そうなんですか？」

どうやら、透は思っていたよりも強引に新郎役に納まったらしい。あまり強引だと社内の人たちに二人の関係を怪しまれてもおかしくない。変な噂を立てられないか心配になるが、それでも透がそこまでしてくれたのは嬉しかった。

「あのさ、榊原さんと専務ってどういう関係？」

「え？　えーっと、どういうって言っても……ただの幼馴染《おさななじ》みですよ？　もともとお互いの両親が知り合いで、兄と専務が同い年だったんで仲良くしてもらっているんです」

「それは知ってるけど、俺が言ってるのはそういう意味じゃないってわかってるだろ？」

先ほどまでとは違う一歩踏み込むような言葉にドキリとする。

「せ、専務は過保護なんです！　それだけです！」

とっさにそう口にしたが、まだ婚約のことは内輪だけのことだし、そもそも透ときちんと話し合うのはこれからだ。

すっかり百花の気持ちは透に傾いていたが、家族にすら話していないのに同僚に気軽に話せるようなことではなかった。

すると馬淵が探るような眼差しで百花の瞳を覗き込む。

「じゃあさ、それって俺にもチャンスがあるって思っていいのかな？」

「え？」

一瞬意味がわからず呆けると、馬淵がクスリと笑いを漏らした。

「また日を改めてデートに誘うから」

「……は？」

なぜ突然デートという言葉が出てきたのかわからず、百花が目を丸くしたそのときだった。

「榊原さん、お待たせしました！　衣装室へどうぞ」

式場スタッフが扉を開けて顔を出したのを見て、馬淵は手をヒラヒラと振って「またね」と言い残して、一足先に部屋を出て行ってしまった。

馬淵はどういうつもりであんなことを言ったのだろう。デート云々が話題になるような話の流れだっただろうか。

「榊原さん？　大丈夫ですか？」

スタッフに声をかけられて、慌てて扉へと向かう。

かなり軽い調子だったし返事を求められたわけでもないから、本気ではなかったのかもしれない。

衣装室に向かいながら、勝手にそう結論づけてしまった。

3

透との模擬披露宴の後、次の約束まで時間があったこともあり、百花は嫌でも自分の気持ちと向き合うことになった。

結論として何だかんだと言い訳をしてみたものの、今ではすっかり透との結婚を受け入れる気持ちになっている。

いまだに、突然の出会いで恋に落ちるという少女漫画のような恋愛が自分にも訪れるのではないかという期待もあるが、こうして透に積極的に迫られるのも悪い気分ではなかった。むしろ透のような素敵な男性から女性としてこんなにも好きだと言ってもらえるのは嬉しくて、胸がいっぱいになってしまうほどだ。

自分が透にとって特別な女性なのだと思うと、今までずっと兄のような存在だったはずなのに、透のことが愛おしく思えてしまうから不思議だった。

今まで誰かをそんなふうに感じたことなどなかったから改めて口にするのは恥ずかしいが、次に二人きりになれたら透に自分も好きだと伝えたい。

透はどんな顔をするだろうか。どうして気持ちが変わったのか聞きたがるか、それともただ喜んでくれるか、急に心配になってくる。

会えない間もメッセージアプリで連絡は取っていたが、透が真っ直《す》ぐに気持ちを伝えてくれたように、百花もきちんと透の目を見て言いたかったので、次に会う日まで自分の気持ちは伝えないでおくことにした。

結局透との予定が合ったのは模擬披露宴の翌週の週末で、百花はその日を不安半分、期待半分という落ち着かない気持ちで待つことになった。

いよいよ明日は透との約束だという金曜日、ランチからオフィスに戻ると翠が待っていましたとばかりに手招きをした。

「見て見て！　今この間のウエディングフェアSNSでどんなふうに紹介されてるかチェックしてたんだけど、百花ちゃんと専務の模擬披露宴、すごく評判良くて話題になってるよ」

翠のスマホを覗き込むと、確かに先日の模擬披露宴の様子がたくさんアップされていて、写真にはたくさんのナイス！　がつけられている。

「すごい！」

「コメント欄もすごいんですよ。専務が大人気で」

同僚の言葉にコメント欄をスクロールすると、『花婿がイケメンすぎ！』とか『この人と結婚したーい！』などと書かれている。婚約者としては褒められて嬉しい反面、複雑なところだ。

でも、こうして客観的というか他人目線で切り取られた写真を見ると、透の横に並ぶ自分の姿は意外にも様になっていて、透と釣り合っているように見えた。

撮影の時は何だかんだとあったせいで自分のスマホでは写真を撮り忘れてしまったが、後でもう一度検索をかけてスクショでもいいから残しておこうかと考えた。

「この間の取材もWEB記事だけでの紹介予定だったけど、撮《と》れ高《だか》も良かったし、写真映えするから紙媒体の方でも紹介させてくださいって出版社さんから連絡があったのよ。一緒にアフタヌーンティーにも触れてくれるって言うからOKしといたわ」

「ホントですか！　こちらで写真を用意するんで新作のアフタヌーンティーを紹介してもらいたいんですけど」

ちょうど新作の撮影と試食会をする予定だったのだ。百花はその話に思わず飛びついてしまった。それに紙媒体になるのなら、記念に二人の写真を残しておくこともできる。

「了解。担当者に連絡しておくわ」

翠は快《こころよ》く引き受けたあと、もう一度スマホの画面を見てクスリと笑いを漏らした。

「でも今回は結婚予定のカップルの一般募集って企画だったから、このまま雑誌に載ったら百花ちゃんと専務がカップルだって全国的に発信することになっちゃうわね。書き方変えてもらおうか」

「そうですよね。二人ともとってもお似合いだったし、誰もただの幼馴染《おさななじ》みだなんて思わないですよ」

翠に同意する同僚の言葉を聞き、ふつふつと笑いがこみ上げてきてしまう。

お似合いだと言われて悪い気がしなかったからだ。というか、自分としては色々釣り合っていないのではないかと不安だったから、告白という決戦を明日に控えている今は、その言葉に勇気づけられる。

――実はもうプロポーズされていて、高校生のときから婚約者なんです。この前はすっごいキスもしちゃいました。

思わずそう自慢したくなる。もちろんそんなことは言えないが、透と自分の関係で優越感を覚えるのは初めてだ。

これまでは同僚たちが透のことを褒めるのを聞いても、単に身内が褒められているとしか感じなかったのに、いつの間にこんな気持ちになっていたのだろう。

「そういえばさ、専務とステラ証券幹部のお嬢さんが付き合ってるって噂、本当なの？　百花ちゃん何か聞いてる？」

「は？」

「私も聞きましたよ！　あのファッションモデルやってる、えっと……MINA《ミナ》ですよね！　私の同期がホテルのレストランで食事をしている二人を見たって言ってました！」

「……」

ステラ証券と言えば最近日本で注目されている外資系の会社だ。外資系金融は年収がいいから、就職活動の時に友人の間でもよく名前が上がっていた。

でも透からはそんな話を聞いたことはないし、まだ本当かはわからないにしろ、許嫁の百花としては聞き捨てならない話だ。

しかも相手がファッションモデルだなんて、自分とタイプが違いすぎるだろう。確かMINAはドイツかイタリアか、ヨーロッパ系のハーフだとテレビか何かで見たことがある。

黙り込んでしまった百花を見て、翠は納得顔で頷《うなず》いた。

「その顔はやっぱり聞いてないか。可愛がってる幼馴染《おさななじ》みにも内緒ってことは本気のお付き合いかもね」

「ど、どうしてですか？」

そもそも透が自分以外の女性と二人きりでいるところを目撃されているだけでも衝撃なのに、翠はどうして本気だと思ったのだろう。

「だって相手はモデルでしょ。マスコミに騒がれたくないとかあるんじゃない？　それまでは交際を知っている人は少ない方がいいだろうし、身内以外の人には内緒なんじゃないかしら」

「セレブって大変ですよね～」

頷《うなず》き合う翠と同僚を見て、百花は複雑な気分になった。

目撃情報があるということは、少なくとも一度は二人きりで食事をしたことがあるのは間違いない。

しかし本気で結婚のことを考えてほしいと言ってきたのは透だし、二人で会っていたとしても何か理由があるのだろうと好意的に考えることはできる。

「そういえば百花ちゃんも、結構なお嬢様じゃない。ご両親が『タルト・オ・フリュイ』の経営者なんだから、セレブよね」

翠の言葉に慌てて首を横に振った。

「うちなんて普通の家ですよ。今はブームで店舗数も増えて従業員さんも多いから両親は経営に回ってますけど、子どもの頃なんて街の小さなケーキ屋さんでしたから。食べ物を扱う商売だからって家族旅行も行けなかったし、いつもおやつは店の残り物食べてましたよ」

週末のたびに両親と遊びに行く同級生たちを羨ましいと思ったこともあるが、兄がいてくれたし、透もよく遊びに来てくれたから、両親がいなくて寂しいと思うこともなかった。

「百花ちゃんちのタルト美味《おい》しいのよね。この間渋谷のお店行ったんだけど、すごく並んでたわ」

「え～ありがとうございます！　両親も喜びます！」

実際自分が経営に携わっているわけではないが、知り合いに実家の味を褒められるのは嬉しい。それにいつかこの会社で学んだスキルや人脈で両親の店の宣伝などを手伝えないかと考えていたから、生の声は参考になる。

「今度新作の差し入れするので、感想聞かせてくださいよ。お客様のリアルな声って役立つと思うので」

「え～大歓迎だよ。それなら社内で試食会とか企画したら？　アンケートサイト作って、ちゃんと感想もらってさ。マーケティングは大事だからね」

翠の提案は願ったりだが、そんなことが可能だろうか。

「大丈夫よ。百花ちゃんは社長の身内みたいなものだし、先に根回ししとけば。女子社員はフルーツタルトの試食会なんて言われたら大喜びだしね」

「そうですよ！　私も参加したいです」

うんうんと頷《うなず》く同僚の顔を見て、百花も試食会は本気で企画してもいいかもしれないと考え始めていた。

「じゃあ専務に相談してみます！」

明日会う約束をしているから、その時に話すことができるだろう。

「あ、それなら百花ちゃんから、専務にも雑誌掲載が決まったって伝えておいてもらえる？」

「了解です！」

百花は笑顔で請《う》け負《お》った。

透なら試食会の企画を面白いと思ってくれるだろう。そう考えたら今すぐに話をしたくなってくる。いつもならメッセージアプリを送るところだが、早く透の声を聞きたくなった。

百花は携帯を手にオフィスを出ると、自動販売機や休憩スペースがあるリフレッシュコーナーに足を向けた。

ちょうど昼休みが終わったばかりで人気はなく、百花は空いているテーブルに腰を下ろして透の携帯番号を呼び出す。すると呼び出し音もなくすぐに留守番電話に繋がってしまった。

いつもならそこで諦めてメッセージを送るところだが、今日の百花はなぜか粘って、そのまま専務室直通の番号を押した。

今度は呼び出し音が二回した後、すぐに女性の声が聞こえてきて、百花は慌ててよそゆきの声を作った。

「お、恐れ入ります。ウエディング事業部広報の榊原と申しますが、専務はいらっしゃいますでしょうか」

相手が誰だかわからない以上、一社員として話をした方が安全だ。すると、電話の向こうの空気がフッと緩んだ気配がした。

『ああ、百花様ですね？　秘書の内藤《ないとう》です』

名前を聞いてホッと胸を撫で下ろす。透の担当秘書の内藤なら百花も顔見知りで、よく食事の予約を入れて待ち合わせ場所の地図を透の代わりに送ってくれたりするのだ。

「内藤さん、透く……透さんと連絡を取りたいんですけど、今日の予定ってどうなってますか？　携帯にかけても留守電になってるみたいで……」

『今日のご予定に何か変更がありましたか？　専務は今外出中なので、よろしければこちらから変更をお伝えしますよ』

「え？」

『今夜はインペリアルパークのレストランで十九時のお約束でしたよね。専務は出先から直接向かわれると仰っていましたが、夕方には一度連絡が入るはずですから』

インペリアルパークと言えば、都内の高級ホテルだ。レストランと言うなら、以前に誕生日に透に連れて行ってもらった店のことだろう。というか、そもそも透が今夜は仕事で忙しいから明日会う約束になっていたのだが、内藤は百花が相手だと思っているようだ。

百花が知らないということは、インペリアルパークでの約束は自分以外の相手ということになる。あの店はビジネスというより、恋人のような親密な人と利用するのに相応《ふさわ》しい雰囲気だ。もしかして相手は女性だったりするのだろうか
ふいに、ついさっき翠から聞いたモデルのＭＩＮＡの顔が頭に浮かんで、胸が痛いぐらいギュッと締めつけられた。

「あ、いえ。大丈夫です……。ありがとうございました！」

百花は早口でそれだけ言うと、慌てて電話を切った。

「うそ……」

さっきＭＩＮＡの話を聞いたときは、たまたま食事をする機会があったのだろうと思ったのだ。

透は今後会社を継ぐ人だし、色々な人と会う機会もある。現にこれまでも付き合いで会食に行った話やパーティーで有名人に会った話、付き合いが面倒くさいなどの愚痴を聞いたことがあった。

ＭＩＮＡともそんなどこかのパーティーで知り合ったのかもしれない。

「……」

自分と結婚したいと真っ直《す》ぐに思いを伝えてくれた透を信じているのに、それでもこうして不安になってしまうのはなぜだろう。

これまでは本当の婚約者ではないと思っていたから、透に好きな人ができたのなら婚約はいつでも解消するつもりだった。でも今は透との結婚に前向きな気持ちになっているし、もし好きな人ができたと言われても婚約解消などしたくないと言ってしまうだろう。

一人で色々考えていると悪い方にばかり考えが向いてしまい、どうしていいのかわからなくなる。

結局、午後の業務の間中透の食事の相手が気になってしまい、データ作成ではミスを連発してしまった。

そして退社時間になる頃には、百花の気持ちはインペリアルパークに行ってみようという方向に傾いていた。

透の相手がＭＩＮＡと決まったわけではない。案外仕事の会食で、相手は男性かもしれないと自分に言いきかせる。

本当は男性と二人で会うのにホテルのレストランなど選ばないとか、仕事なら内藤が知っているはずだと囁《ささや》く声も聞こえたが、百花は聞こえないふりをした。

ホテルは会社から地下鉄を使って三十分もかからないところにあり、百花は会社を出るとすぐにホテルへ向かった。

最初はロビーで待機して様子を探ろうと考えていたが、しばらくして透とＭＩＮＡの顔しか知らない自分では、それ以外の人が約束相手なのかどうか判断することはできないことに気づく。それにＭＩＮＡは有名人だから、人目を気にしてホテルの別の入口から出入りする可能性もある。

百花は少し考えて、レストランのある高層階へ向かうことにした。さすがに店の前で待ち伏せはできないが、フロアのどこかで様子を見ることはできるかもしれないと考えたのだ。

このホテルは高層階と低層階でエレベーターが分かれているから、高層階の宿泊客とレストランフロアを利用する客しか乗ることはできない。

百花が高層階のエレベーターに乗り込むと、続いて女性客が乗り込んできた。何気なくその客を見た百花は、驚きのあまり息を飲んだ。

「……ッ‼」

階数表示ボタンの前に立っているのは、まさに百花が探していたＭＩＮＡだった。

一応変装なのかサングラスをしているが、モデルのオーラがバリバリに発されていて、斜め後ろからのわずかな角度からでも彼女だとわかった。

百花はいったん目を伏せ、それから上目遣いに横顔を盗み見た。

顔がとにかく小さくて、化粧をしているふうでもないのにお肌はツルツルだ。しかも何の香りかわからないけれど、とても良い匂いがする。

「お先にどうぞ」

その声にドキリとして顔をあげると、いつの間にかエレベーターの扉が開いていた。

「あ！　ありがとうございます！」

慌てて顔を伏せてエレベーターを降りる。そしてレストランと反対側にある日本料理の店の方向へと足を向けた。

しばらく歩いて振り返ると、ＭＩＮＡは迷わずレストランの入口へと歩いて行き、店員と一言二言、言葉を交わして店の中へと消えていった。

透の待ち合わせの相手がやはりＭＩＮＡだったことと、偶然とはいえエレベーターに乗り合わせてしまった衝撃でしばらく呆然としてしまったが、いつまでも突っ立っていてはホテルの従業員に不審に思われてしまう。

百花は踵《きびし》を返して、レストランの前を通ってみることにした。

透がすでに入店しているのか、それともまだ到着していないのかも気になるところだ。携帯に電話をかけて、どこにいるのかと鎌をかけてみようか。

ここまで証拠が揃っているのにとも思うのだが、ここまで来てもＭＩＮＡの相手が透であってほしくないと思っている自分がいる。

それは透を疑うというより、ＭＩＮＡのような美女に迫られたら、自分など敵うわけがないという気持ちだった。

さすがに待ち合わせだと嘘をついてまで店の中に入る勇気もなく、店の前を通り過ぎようとしたときだった。

「モモ？」

背後で聞こえた聞き慣れた声にギクリとする。恐る恐る振り返ると、そこには笑みを浮かべた透が立っていた。

「みーつけた」

「と、透……くん……ぐ、偶然、だね……っ」

とっさにそんな言葉が口をついて出た。何とか誤魔化して立ち去るしかないと思ったのだ。しかし、透は微笑んだまま百花の手首をキュッと掴《つか》んだ。

「偶然じゃないだろ。モモが電話をしてきたって内藤から聞いて、モモなら店まで来るんじゃないかと思ってたけど正解だったね。俺が誰と食事をするのか気になったんだろ？　おいで。教えてあげる」

「と、透くん……何か、目が笑ってない……」

つまり微笑んではいるものの、静かに怒っているのだろう。

強引とまで言わないが、がっつりと手首を掴《つか》まれて引っぱられるように店の中に連れて行かれ、気づくとＭＩＮＡが座っているテーブルの前に立っていた。

「透？」

ＭＩＮＡは百花に訝《いぶか》しげな視線を向けた。待ち合わせの場所に知らない人間がいるのだから当然だろう。

最初に口を開いたのは透だった。

「美南《みなみ》、俺の婚約者を紹介する」

「え？　もしかして、噂のモモさん⁉」

ＭＩＮＡが驚いた顔で立ち上がった。

「さっきエレベーターで一緒だった方よね？」

百花は諦めてコクリと頷《うなず》いた。

「何？　もしかして、もう会ってた？」

「ついさっき偶然エレベーターで一緒になったのよ。可愛いらしいお嬢さんだなって思ってたけど、まさか透の婚約者だったとはね」

にっこりとＭＩＮＡに微笑みかけられ、百花は恥ずかしさで真っ赤になった。

透はちゃんと婚約者として紹介してくれたが、ＭＩＮＡのような綺麗な人の前に立つと、自分が自称婚約者で二人の間に割って入っているような気分になってくる。

「やだー、婚約者を連れてくるなら言っておいてくれればよかったのに」

「実は俺にもサプライズだったんだ」

透がからかうように笑いかけてきて、百花は居《い》たたまれなくなる。

「と、透くん、もういいから……私、帰る……」

いきなりこんなところまで乗り込んで非常識だったことは十分反省するので、もう解放してほしい。

相変わらず掴《つか》まれたままの手首を何とか振りほどこうとしたけれど、透の手が緩む気配はなかった。

「何言ってるんだよ。せっかく来たんだから一緒に食事しよう」

透はそう言うとウエイターに目配せをした。あっという間にもう一人分の席が準備され、百花は逃げ出すタイミングを失ってしまったのだった。

「さて、それじゃあ改めて紹介しようか」

椅子に落ちついた透は、なぜか嬉しそうな顔で百花に視線を向ける。

「俺の婚約者の榊原百花。可愛いだろ？」

「幼馴染《おさななじ》みだって聞いてたけど、ずいぶん若いのね。初めまして。美南・ロンベルクです。父がドイツ人でね、ＭＩＮＡは愛称なの」

雑誌やテレビで活躍している有名人が目の前でにっこりと笑う。ＭＩＮＡの周りだけ輝いていて、笑顔が眩《まぶ》しい。

——芸能人のオーラって本当にあるんだ……

思わず呆けてその笑顔に見惚《みと》れていると、ウエイターが白ワインをグラスに注いでいく。

「モモ、飲み過ぎるなよ。この間ベロベロになったばっかりなんだから」

ＭＩＮＡに目を奪われていた百花は透の言葉に我に返る。

「べ、ベロベロって……そこまで酔ってなかったもん！　ちょっといろんな種類のお酒を飲み過ぎただけで」

「じゃあ今日はワインだけにしとけよ。明日出かけられなくなる」

「う、うん」

百花が渋々頷《うなず》くと、ＭＩＮＡが「ふふふっ」と笑いを漏らした。

「まー、過保護ね〜。婚約者っていうより兄と妹みたい」

あまりにも的を射た言葉にドキリとする。これまで透を男性として意識しなかったのにはそれもあるのだ。兄とも同じ年だし、こうして世話を焼いてくれるから男性として見たことがなかった。

もちろん今は透のことを一人の特別な男性と意識をしているが、ＭＩＮＡの言葉はまさに百花のこれまでの気持ちを代弁していた。

「うるさいな。自分の婚約者を甘やかそうとかまおうと俺の勝手だろ。実際可愛いんだし」

「な……っ！」

聞いているこちらが赤面してしまうような言葉を、透はごく当たり前のように口にした。

「はいはい。それにしても、透ったらずいぶん楽しそうね」

確かに、ＭＩＮＡからかわれ、今も軽くあしらわれているのに、それに怒る顔もせずニコニコと応対しているように見える。

するとは百花がさらに赤面してしまいそうなことをさらりと口にした。

「家族以外にモモを婚約者だって紹介するのは美南が初めてだからさ」

嬉しそうに笑う透を見て、百花は胸が苦しくてたまらなくなる。

こんなふうに楽しげに自分を紹介してくれる人に対して、一度でも疑いを持ってしまったことが恥ずかしい。それに透は昔から百花に甘い人だったが、こんなにもロマンチストだとは知らなかった。

「じゃあ今日はどうしても彼女を自慢したくて連れてきたってわけね」

ＭＩＮＡの言葉に、透が百花にニヤニヤ笑いを向ける。

「そういえば、モモはどうしてここに来たんだっけ？　俺も理由を聞きたかったんだよね」

もうすっかり知っているくせに意地悪だ。ＭＩＮＡの前で恥をかかせると言うより、自分を疑った百花にちょっとお仕置きをしてやろうという顔に見えた。

「……」

ジッと不思議そうにこちらを見つめるＭＩＮＡの視線も痛い。

「モモ？」

ダメ押しとばかりに名前を呼ばれて、百花は諦めて口を割るしかなかった。

「実は……うちの会社で透くんとＭＩＮＡさんがデートをしてたって噂になってるのを聞いたの。

今日はたまたま別件で透くんのオフィスに電話したら秘書の内藤さんが私と食事に行くんだと思ってたみたいで、ここの時間と場所を教えてくれて……そしたら透くんはホテルで誰と食事をするんだろうって気になっちゃって……邪魔をしてしまってごめんなさい」

百花は洗いざらい話すと二人に向かって頭を下げた。

そもそも二人の食事の邪魔をするつもりはなかったのだ。本当に相手がMINAなのか確かめたかったのかも今になってはよくわからない。衝動的にここまで来てしまったようなものなのだ。

すると百花の告白を聞いたMINAが呆れたように溜息を吐いた。

「もう！　透ったら婚約者にはちゃんと話ししておきなさいよ！　モモちゃんが……ああモモちゃんって呼んでもいい？」

百花が頷《うなず》くと、MINAはそのまま言葉を続ける。

「金曜の夜に彼氏がこんなところで女性と食事するなんて聞いたら、密会してるかもって誤解されても仕方がないわよ？　モモちゃん、ごめんなさいね。嫌な思いをしたでしょ」

「い、いえ」

「こんなところって、美南がこういう店の方が客層がいいから簡単に噂にならないって言ったんだろ」

「そうよ。この前透が予約した店、個室がないし、隠し撮りしようとする人もいたし最悪だったんだから。あなたの会社で噂になってるって、その時のことなんじゃないの？」

「あぁ……だからおまえと二人で会うの嫌なんだよ。学生のときからすぐ変な噂を立てられるんだから」

透が面倒くさそうにテーブルに頬杖をついた。

「あのぅ……お二人はどういったお知り合いなんですか」

このやりとりを見ていると、恋人同士とかそういった色っぽい関係には見えなくて、思わずそう質問してしまった。

「ああ、私たち大学の同期なの。学部が同じでね、グループワークとかでよく一緒になるようになって、まあ飲み友達よね」

人気モデルのMINAに対して失礼かもしれないが、確かにそう言われる方がしっくりくる。恋愛経験のない百花から見ても、二人の間に特別な男女の空気は感じられなかった。

透はW大学の法学部出身でかなり頭がいい学部のはずだ。法曹界には興味がないからと結局普通にBONに入社したと聞いているが、MINAは綺麗なだけではなく頭もいい才色兼備ということになる。

「でも最初はそんなに仲良くなかったわよね？」

「確かに。俺も正直女は面倒くさいって思ってた時期だし」

透が力強く頷《うなず》いて同意を示すと、MINAが笑いながら百花を見た。

「私はこんな見た目だし、ちょっと対応を間違うと男の子に誤解されたり、女子には変な噂を流されるし、正直大学では友達はいらないかなって思ってたの。そしたら透が実はＢＯＮの御曹司だって噂が流れてきて、女の子につきまとわれている透を見たら可哀想になっちゃって、色々話しているうちに仲良くなったのよね」

それはもしかして、以前に二人は付き合っていたという流れだろうか。婚約する前に透に彼女がいたことは知っているし、九つも年が離れているのだからそれは仕方がないとわかっている。でも相手がＭＩＮＡとなると、複雑な気分だ。

すると百花の表情の変化に気づいたＭＩＮＡが笑いながら顔の前で手を振った。

「あ、誤解しないでね。透とは付き合ってないから。そもそも透みたいな細い男はタイプじゃないの。私、ボディーガードみたいにマッチョな人が好きなのよね〜」

「おい、タイプじゃないのはお互い様だろ」

「まあね。しかも透ったらひどいのよ。飲み会で皆に付き合ってるんだろって騒がれたとき、少しぐらいまんざらでもないふりをしてくれればいいのに『ありえない！』って全否定だったんだから。最低でしょ？　その頃はもうモデルとして売り出してたし、男に断られたのなんて生まれて初めてで、ショックだったわぁ」

「嘘つくなよ。それにおまえ、あの頃格闘家の彼氏がいただろ」

「あ、そうだっけ？」

二人が顔を見合わせてクスクスと笑い合うのを見て、百花は少し寂しくなった。

物心がついた頃から透が側にいて兄妹のように過ごしてきたから、彼のことは何でも知っているつもりでいたのだ。でも実際には透には透の世界があって、百花の知らない顔をした透がいる。

よく考えれば当たり前のことなのに、それを知らないことが悔しくなった。

「まあそんなこんなで、大学を卒業した後も年に一、二度一緒に飲むような友達なの」

ＭＩＮＡの言葉が嘘はないのは何となくわかるが、でもその程度なら社内で噂になるようなことはないはずだ。

「美南、肝心な話が抜けてる。モモはどうして俺たちが最近頻繁に会ってるのか知りたいって顔してるから」

「……っ！」

そんなにわかりやすい顔をしていただろうか。思わず両手で頬を覆《おお》うと、ＭＩＮＡがクスリと笑いを漏らした。

「モモちゃんってホントに可愛い！　あのね、まだ内緒にしておいてほしいんだけど、私、近々結婚するつもりなの」

「えっ……そうなんですか？」

「うん。相手は同じ業界の人だし、スポンサーとの契約のこととかもあるからもうしばらく秘密にしないといけないんだけど、できれば来年辺りに身内だけでこぢんまりとした式だけはやりたくて透に相談してたの。できればスポンサーに根回しして、契約切り替えのタイミングに合わせて結婚式と発表を同時にやりたいのよね」

人気モデルＭＩＮＡと業界人との結婚となれば、注目されて騒ぎになるのは間違いない。

「それでね、透のことを思い出して連絡したのよ。直接の業務に携わっていないにしろ、結婚式場を経営している会社の御曹司なわけだし少しは役に立つかなって」

「少しってなんだよ。めちゃくちゃ話聞いてやってるだろ。そうだ、モモはウエディング事業部の広報だから、俺より詳しいぞ」

「ホントに？　だったらもっと早くモモちゃんを紹介してくれたらよかったのに。わざわざ透と変な噂されてモモちゃんに心配かける必要なかったじゃない。ね、モモちゃん、連絡先教えて！」

「え、あ、はいっ」

なぜかメッセージアプリのＩＤを交換することになってしまい、思っていたよりも気さくなＭＩＮＡのおかげで、百花は最初に感じていた居《い》たたまれなさも忘れて食事をすることになった。

4

「お、お邪魔しま〜す……」

透の部屋に入るのは、あの会社の懇親会で酔って眠ってしまった時以来で緊張してしまう。その空気が伝わったのだろう、透がクスリと笑いを漏らした。

「何だよ、急にかしこまって」

「だって……こんな遅い時間に来るの初めてだから」

「この間、酔っ払った夜に来たばっかりだろ」

「あ、あれは……覚えてないからノーカウント！」

百花がふて腐れながらリビングに足を踏み入れると、透はいつもの調子で声を立てて笑った。

「ははは。別にいいけど。ほら、その辺に座ってて。何か飲み物……そうだ、もらいもののシャンパンがあるから開けようか。一人だとなかなかフルボトル開ける機会がないんだよな」

「て、手伝う」

「いいから座ってろ」

お言葉に甘えて、白い布張りのL字ソファーに腰を下ろす。透がカウンターキッチンの中で冷蔵庫を開けたりグラスを出したりするのを眺めながら、ＭＩＮＡをホテルから見送ったときのことを思い出した。

「じゃあね！　モモちゃん、今度は透抜きで遊ぼうね！　もう透はお払い箱だから！」

半分開いたタクシーの窓から笑顔のＭＩＮＡがヒラヒラと手を振ったのを合図に、タクシーが夜の街へと滑り出していく。

食事が終わる頃にはすっかりＭＩＮＡと打ち解けていた百花も笑顔で手を振り返した。

「はぁっ」

タクシーがホテルの敷地を出て行くのを見送った透が、隣で深い溜息をついた。

「ったく。何だよお払い箱って。モモ、仕事以外であいつに付き合う必要ないから、遊びの誘いは既読スルーな」

透らしくないぞんざいな言い方に、ついクスクスと笑いを漏らしてしまう。

「そんなことできないよ。それに芸能人の知り合いとか初めてだもん!!　ていうか、ＭＩＮＡさんってすごく人当たりがいいし、美人なのに飾らないし、私大好きになっちゃった！」

しかもプライベートの連絡先を知っていて、遊ぼうと誘われているなんてかなり自慢できる。もちろん今回のことは三人の秘密だから誰かに話したりはしないが、それでもやっぱりステイタスだ。

ＭＩＮＡはドレスはオーダーしたいと言っていたが、結婚発表を機に式場のカタログのウエディングモデルになってもらうのはどうだろうか。

ＭＩＮＡ自身がデザインプロデュースしたドレスがレンタルできるとなれば注目されるし、それを目当てに式場を選んでくれる人もいるだろう。悪くないアイディアだ。

一度企画書にして透とＭＩＮＡに見てもらえないだろうか。百花がそんなことを考えていたときだった。

「さて、俺たちも帰るか。俺も飲んでるからタクシーだけどいい？」

透が軽く伸びをしながら百花を振り返った。それはあまりにもいつもの透で、まるで普通に二人で食事をした帰りのようだ。

このホテルに来るときはモヤモヤした気持ちで胸がいっぱいで苦しかったけれど、今はすっかり心が軽くなっている。このまま透と別れるのはもったいないと思ってしまう。

「ねえ。もう帰らなくちゃダメ？　もう少し……透くんと話したいなって」

上目遣いで窺うように見上げると、透は戸惑ったような顔をした。

「俺はかまわないけど……じゃあ俺のマンションに来る？　うちからならモモの家までもタクシーでもそんなに時間がかからないし」

「うん！」

嬉しくて食い気味に頷《うなず》くと、透の顔に浮かんだ表情がさらに複雑になったが、百花はそれに気づかずに早速タクシー乗り場に引き返した。

透ともう少し一緒にいたいと思ったのも本当だが、できればＭＩＮＡとのことを疑ったことを早く謝ってしまいたかった。

いつ切り出そうか迷っているうちにタクシーはあっという間に透のマンションに着いてしまい、結局謝罪の言葉を口にできないまま透の部屋に上がり込んでしまったのだ。

「はい、グラス。チョコレートぐらいしかつまみになるようなものがないけど」

目の前にクリスタルのフルートグラスが置かれ、白い皿には高級店のものと思われるプラリネがいくつか載せられていた。

「本当は苺でもあったらモモが喜ぶんだろうけど、ごめんね」

透はそう言いながらグラスにシャンパンを注ぐ。透き通った琥珀《こはく》色の液体がクリスタルグラスの中で弾けて、すぐに甘い果物のような香りがしてくる。

透は昔からワインが好きで、リビングには家庭用のワインセラーもあるのだ。

「モモはもうワイン飲んでるから一杯だけね。どうぞ」

透はなぜか上機嫌で、グラスを手渡してくれたけれど、百花が突然レストランに現れたことをどう思っているのだろう。

「……透くん、怒ってないの？」

思わずそう尋ねると、透はわずかに首を傾け、不思議そうな顔をした。

「何が？」

「だって、友達との食事にいきなり乗り込んだりして……その、透くんのこと疑うみたいな感じになっちゃったし」

しかも自分はまだ透にプロポーズの返事もしていない。それなのにこういうときだけ婚約者面《づら》して押しかけるなんて自分勝手だと言われても文句は言えないのに。

すると透は意味を理解したのか小さく何度か頷《うなず》いて、それから嬉しそうに口元を緩《ゆる》める。

「ど、どうして笑ってるの？」

「だってそれって、モモは俺が他の女と会っているんじゃないかって心配になったってことだろ？」

そこに至るまでには色々葛藤があったわけだが、要約すればそういうことだ。

「……そうだけど」

百花が渋々といった態《てい》で頷《うなず》いたのに、透はそれを見てさらに笑みを深くする。

「じゃあ嬉しいから許す」

「嬉しい、の？」

どうしてそういう思考になるのかわからない。今度は百花が首を傾げる番だった。

「兄貴ぐらいにしか見てくれてなかったモモがヤキモチを焼いてくれたってことだろ。それって俺たちの関係が進歩したってことだから。ほら、乾杯」

「……う、うん」

透が嬉しそうにグラスを寄せてきたので頷《うなず》いてしまったが、これはもしかしてめちゃくちゃ恥ずかしい状況なのではないだろうか。

考えてみればこんな時間に婚約者とはいえ男性の部屋で、シャンパンを開けるなんて意味深だ。いつもの調子で透の部屋に来てしまったけれど、自分がかなり大胆なことをしていることにやっと気づいた。

軽い気持ちでもう少し一緒に過ごしたいと言ってしまったが、透はどう思ったのだろう。そう考えたら急に落ち着かない気持ちになってくる。

百花のそのそわそわした態度に気づいた透が、心配そうに顔を覗き込んできた。

「モモ？」

透はいつも優しい。百花のことを第一に考えてくれている。それに何度もストレートな言葉で百花への気持ちを伝えてくれた。

本当は、透には明日今の気持ちを伝えるつもりだったが、ここまで色々暴露してしまった今、わざわざ明日まで待つ必要があるのだろうか。

もう透はすっかり百花の気持ちに気づいているのに、いつまでも先延ばしにする理由などない。

百花は心を決めて深く息を吸い込んだ。

「あのぅ……私、透くんに話があるんだけど」

百花は躊躇《ためら》いながらもそう切り出した。緊張のせいからいつもより固い口調になってしまったからか、透がわずかに眉間に皺を寄せたように見えた。

「何？」

透の顔から笑みが消え警戒するような表情に、さらに緊張が増してくる。カッと頭に血が上って、心臓がバクバクと大きな音を立てるから、もう自分が何を言おうとしているのかもわからなくなってくる。

「私……私、透くんに話したいことがあって……」

何か言わなくてはと口を開くと、先ほどと同じ言葉しか出てこない。その様子に透の表情がわずかに緩《ゆる》む。

「モモ、うまく言えないならお酒一口飲んでみたら？　俺はちゃんと聞いてるから」

「……うん」

百花は頷《うなず》いて手にしていたグラスを呷《あお》った。弾ける琥珀《こはく》色の液体が喉を滑り落ち、それから胃の辺りがカッと熱くなる。透が言うほどお酒に弱いつもりはないが、緊張しているのかもしれない。

「えっと……ほ、本当は明日でもいいかなって思ったんだけど……」

「うん」

「私……透くんのこと、好き、だなぁって……」

やっと思っていたことを口にできて、安堵《あんど》のあまり身体から力が抜ける。他に何を伝えようと思っていただろう。何度もシミュレーションしたはずの言葉は頭の中からすっかり消えてしまっていた。

透が何か言ってくれればいいのに、彼はただ無言で百花の顔を見つめているだけだ。百花は居《い》たたまれなくなって目を伏せた。

「あのね、ちゃんと婚約者として……好き、って意味だから……」

「……」

どうして透は何も言ってくれないのだろう。今さら何を言い出すのだと呆れているのだろうか。不安と恥ずかしさで泣きたい気持ちになったときだった。

突然透に引き寄せられ、息もできないほど強く抱きしめられていた。

「きゃ……っ！」

手にしていたシャンパングラスの中身が大きく波打ち、グラスの縁から飛沫《ひまつ》を飛ばし百花の手を濡らす。

「と、透くん……！　こぼれる……っ」

悲鳴のような百花の声に、透は一度離れてグラスを取り上げテーブルに置くと、改めて小さな身体を広い胸の中に収めてしまった。

「あーびっくりした」

耳元で聞こえた透の言葉に、目を見開く。

「透、くん……？」

「モモが怖い顔してるから、振られるのかと思ったじゃん」

「え？」

思わず顔を上げると、こちらを見下ろす透と視線がぶつかった。

「私、そんなに怖い顔してた？」

「うん。眉間に皺が寄って目が怖かったし、顔が引きつってた」

それは怖い顔と言うより怒っている顔みたいだ。

「き、緊張してただけだから」

百花はこれ以上見つめ合っているのが恥ずかしくて、透の胸に顔を伏せた。

頬に触れる透の体温が心地いい。考えてみればこうやって透の体温を意識するのも初めてかもしれなかった。

「キス、してもいい？」

百花は不思議な気持ちで透の顔を見上げた。

「……この前は、いいって言ってないのにキスしたよ？」

「あの時はそんな余裕なかったの。今日も理性がなくなる前に聞いておこうと思って」

「でも、この前はダメって言ったけど聞いてくれなかったでしょ」

顔を顰《しか》めると、透がクスリと笑いを漏らした。

「じゃあこれからは聞かないでキスする」

それは透がしたいときにいつでもキスをするという宣言だろうか。もちろんその問いが百花の唇から出る前に、言葉はキスで封じられていた。

「ん……」

透が覆い被《かぶ》さるように重ねてきた濡れた唇は、百花の小さな唇を隙間なく覆ってしまう。小さく鼻を鳴らすと、大きな手が安心させるように背中を撫で下ろす。

緩《ゆる》んだ唇の間に厚みのある舌が押し込まれて、すぐに口腔を満遍《まんべん》なく舐め回し始める。柔らかな粘膜に熱い舌がぬるぬると擦《こす》りつけられて、その刺激に百花の身体がブルリと震えた。

「は、ん……ぅ」

この間は突然のキスで頭の中が真っ白になり、一瞬夢でも見たのかと疑ってしまったが、透の唇の熱さはあの時と同じだ。

それに透の胸の中に抱きしめられているせいで、控え室でキスをしたときよりも身体が近い。こんなに身体が密着していてはドキドキと音を立てる心臓の音が透に伝わってしまいそうな気がする。

無意識に身体を揺らすと、逃がさないとばかりに後頭部に手が回され、さらに口づけが深くなった。

何度も舌を擦《こす》りつけられ舌先で歯列や頬の裏側を擽《くすぐ》られるうちに、鼻先から熱い吐息が漏れ、喉の奥からおかしな声が漏れてくる。

「はぁ……ん……ぅ……ぁ……」

キスが終わる頃にはすっかり蕩《とろ》けてしまい、透が支えてくれなければ自分で座っていることもできなくなっていた。

「モモ、好きだよ。やっとモモの気持ちが聞けて……すごく嬉しい」

ぼんやりとした頭で見上げると、鼻先が触れそうな距離に透の整った顔が見えた。

「いい顔。俺とキスするの気に入った？」

透は満足げに百花の顔を覗き込むと、濡れそぼった唇の端をチュッと音を立てて吸い上げた。

「んっ」

敏感になった身体にはそれすらも刺激で声が漏れる。

自分がどんな顔をしているのかわからないが、頭の芯が痺《しび》れて思考に薄い膜がかけられたみたいだ。控え室でキスをされた時もこんなふうに身体が熱くなって、自分の身体がおかしいと思ったのを思い出す。

身体に力が入らず透の身体にもたれかかっていると、大きな手が髪や背中を何度も撫で下ろしていく。

「ねえ、モモ」

透の蜂蜜のような甘い声音に誘われ視線だけを上げると、目尻にも口づけが落ちてくる。

「ん」

「モモは早すぎるって思うかもしれないけど、今日は泊まっていかない？」

その言葉はぼんやりとしていた百花の意識を一瞬だけ覚醒させる。

「……っ」

つまり、そういうことだ。百花だって男性との交際経験がないとはいえ、箱入り娘ではないからそれなりに知識だけはある。

もちろん百花が拒否すれば透はそれ以上無理《むり》強《じ》いしてこないという信頼感はあるが、いつまでもそれに甘えていたくないという気持ちもあった。

「今せっかくこんな幸せな気持ちなのに、モモと離れたくない」

どうしてこの人はこんなに胸を鷲づかみにするような、キュンとする言葉ばかり口にするのだろう。

好きな人にそんな言葉を口にされてときめかないでいることなどできるはずがない。

「いいよ。泊まる」

百花は小さく呟《つぶや》いて、透の胸に額をぎゅーっと押しつけた。

「……いいの？」

こんなにあっさり百花が頷くと思っていなかったのだろう。透の少し狼狽《うろた》えた声が可愛い。

「私も、透くんと一緒にいたいもん」

すると胸に押しつけていた顔に手がかかり、上向かされる。なぜか複雑そうな表情の透に顔を覗き込まれて、おかしなことを言っただろうかと心配になった。

「モモ。一応確認なんだけど、どういう意味かわかってる？」

どうやら百花が何も知らない子どもぐらいにしか思っていないらしい。いくら何でも二十三にもなって何も知らないはずがないのに、透は心配しすぎだ。

「し、知ってるよ！　キスより……す、すごいこと……するんでしょ？」

さすがに直接的な言葉にするのは恥ずかしい。百花が自分の言葉に赤くなると、透の唇がニヤリと歪《ゆが》んだ。

「モモの期待に応《こた》えられるかわからないけど、キスよりすごいことは約束する」

「……っ」

自信たっぷりの笑みを浮かべた透は艶《あで》やかで、何だか色っぽい。その表情にドキドキと心臓が音を立て始めたとき、透が立ち上がって百花の身体を抱きあげた。

先日透の腕の中で目覚めた寝室に足を踏みいれると、透は百花を抱いたまま壁のスイッチに手を伸ばすが、百花は慌ててそれを止めた。

「で、電気つけないで！」

自分から「キスよりすごいこと」と口にしたけれど、キスの先に進むということは透の前で裸になるわけで、やはり明るい場所というのは抵抗があった。

「お互いの顔ぐらい見えないと嫌じゃない？」

「……だ、だって」

確かに透の顔が見えた方が安心できるかもしれないが、顔以外を見せることに抵抗があるのだ。

「じゃあ、あの小さいのだけならどう？」

透はそう言いながら部屋を横切り、ベッドの側に立てられたスタンドライトのスイッチを入れた。

ヘッドの部分がステンドグラス風になっていて、シーリングライトに比べたらかなり暗い。百花はオレンジ色の柔らかな光を見つめて小さく頷《うなず》いた。

「でも、あんまり……見ないでね」

譲歩してそう告げたが、なぜか透の返事はない。代わりにソッとベッドの上に抱き下ろされ、透と向かい合わせに座らされる。

この間二人でベッドの上にいたときとは違う。肌に触れている空気に緊張感があって、危うさを感じてドキドキしてしまうのだ。

「モモ、好きだよ」

わずかに顔を傾けた透が唇で優しく目尻や頬に触れる。羽で擽《くすぐ》られるような優しいキスに肩口を揺らすと、透の長い指がブラウスシャツのリボンをほどいた。

「……」

しゅるっと生地が擦《こす》れる音に続いてボタンに指が触れた瞬間、百花は恥ずかしさに耐えきれずギュッと目を瞑《つむ》って俯《うつむ》いた。

誰かに服を脱がせてもらうなんて子どものとき以来だ。もちろんその相手は母親だったし、決してこんな淫靡《いんび》な雰囲気ではなかった。

やがてふわりと肩からシャツが滑り落ちるのを感じて、百花は無意識に両腕を重ねるようにして身体を覆う。すると身体が抱きあげられて、気づくと透の膝の上に横抱きに座らされていた。

「モモ、大丈夫？」

大丈夫じゃないと言ったらやめてくれるのだろうか。自分から泊まると言ってしまったけれど、できれば出直したい気分だ。

思わずふるふると首を横に振ると、透はクスリと笑いを漏らす。

「でも、もうやめてあげられないから」

百花にだけ聞こえる声で呟《つぶや》くと、鼻先にチュッとキスをして百花の身体を抱き寄せた。

背中に手を這わされ、ブラのホックが外れてふわりと胸が軽くなる。ブラウスのように肩からストラップを引き抜く仕草に、百花は慌てて両手を伸ばし透の首にしがみついた。

「モモ？」

「やっぱり……見ないで」

「でもこれじゃ脱がせられないよ」

背中をあやすようにポンポンと叩かれたけれど、この腕を緩《ゆる》めたら透にすべてを見られてしまう。しがみついていた首に頭を擦《こす》りつけるようにして首を振ると、すぐそばで通るが笑う気配がした。

「じゃあそのままでいいよ。その代わりちゃんと掴《つか》まってて」

透はそう囁《ささや》くと中腰だった百花の腰に手を回し、膝立ちにさせる。そのまま剥《む》き出しになった背中に手を這《は》わせ始めた。

「ん……っ」

怪我をした場所を撫でさするような優しい仕草なのに、熱い手のひらが素肌を滑るたびにゾクリとして無意識に身体を硬くしてしまう。

透の手は膝丈のフレアスカート越しにお尻の丸みを撫で下ろし、そのまま太股《ふともも》を撫で上げるようにしてスカートの中に入ってくる。

「あ……」

ストッキング越しなのに透の手のひらは火傷《やけど》しそうなほど熱い。思わず身を捩《よじ》ると、もう一方の手で強く抱き寄せられてしまった。

「や、ん……ッ……」

手のひらで柔らかな双丘《そうきゅう》を撫で回され、唇からおかしな声が漏れてしまう。透の肩口に顔を押しつけて声を押し殺そうとしたが、すぐにそれは無駄な抵抗だとわかった。

膨らみに指を食い込ませながら優しく揉み上げられ、身体がビクビクと跳ねる。鼻から熱い息が漏れて、次第に息遣いが荒くなって、鼻を鳴らすような甘ったるい声が漏れしまう。

「んぅっ……ン、んん……っ……」

透の手がいやらしく動いているからなのか、それとも少し触れられたぐらいで反応してしまう百花がいやらしいのかわからないけれど、身体が火照《ほて》ってきて息苦しくてたまらなかった。

「はぁ……ん、ん……っ」

「モモの声、可愛い」

普段よりも熱っぽい声で囁《ささや》かれて、身体に痺《しび》れのようなものが駆け抜けていく。聞き慣れた「可愛い」という言葉がとても淫《みだ》らな言葉に聞こえてしまうのはなぜだろう。

「や……」

透の手は迷いなくスカートのファスナーを下ろし、スカートに続いてストッキングと下着も引き下ろしてしまった。何だか手慣れているように感じてしまうが、百花にそれを問い詰める余裕はない。

下肢《かし》が空気にさらされ、心許なくてたまらない。剥《む》き出しになった柔肉を淫《みだ》らな手つきで揉み上げられるたびに、自然と腰が揺れてしまう。

「ん……ぁ……」

やがて指先がお尻の割れ目を辿《たど》り足の間に入ってくるのを感じて、百花は我慢できずにしがみついていた手を緩《ゆる》めてその場に腰を落としてしまった。

「や……っ！」

「おっと！　大丈夫？」

透はがくりと膝を折った身体を抱き留めると、そのまま百花を仰向けにして押し倒した。

「きゃ……っ」

百花から漏れた小さな悲鳴は、キスで唇を塞《ふさ》がれ飲み込まれてしまう。

覆い被《かぶ》さられた体重の重みが、無理矢理押さえ付けられているようで少し怖い。しかし抵抗する間もなくすくい上げるようにして胸の膨らみを揉み上げられ、固く膨らみ始めていた胸の先端がピンと立ち上がってしまう。

「……ふっ、んぁ……ん」

唇を塞《ふさ》がれたまま尖った先端を指で捏《こ》ね回され、下肢《かし》の奥がキュウッと収斂する。それが何なのかわからない百花は、シーツに背中を擦《こす》りつけるようにして身悶《みもだ》えることしかできない。

「んぅ……ん、ぁ……ぅ……」

声を上げようにも熱い舌が百花の舌に絡みつき、言葉にならない。息苦しさに必死で頭を振ると、やっと唇が解放された。

「もうこれはいらないだろ」

上半身を起こした透はそう言うと、辛うじて腕に引っかかっていただけのブラを引き抜いた。

「あ……っ……！」

ツンと立ち上がった胸の頂が目に入り、恥ずかしくなる。初めてなのにこんなふうになってしまうのが正しい反応なのかもわからない。

とっさに両腕で胸を隠すが、サッと手首を掴まれシーツに押さえ付けられてしまう。羞恥《しゅうち》で涙目になった百花の目の前で、透は口を大きく開けて赤い舌を覗かせながら胸の先端に吸いついた。

「や、んんんっ！」

熱い口腔に包まれた先端が痛いぐらいに張りつめて、透の口内でころころと舐め転がされる。舌先で側面を擦《こす》られたり、唇でチュウッと吸い上げられ胸の先から全身にジンジンとした疼《うず》きが広がっていくのを感じた。

「……っ、ん、んん……っ、やぁ……あぁ……」

恥ずかしいのに身体が勝手に反応してしまい、甘ったるい声を止めることができない。

「モモはこうやって舐められるのが好き？　それもと……こうやって吸われる方がいい？」

百花にとってはどちらも初めての刺激で、好き嫌いなどわからない。それなのに透の口調は楽しげで、優しくされているはずなのに、何だか嬲《なぶ》られているような気持ちになった。

わからないという意思表示にふるふると首を横に振ると、透はニヤリと唇を歪《ゆが》めて嬉しそうな顔になる。

どうやら答え方を間違ったらしいと思ったけれど、訂正するには遅すぎた。

「じゃあ両方試してどっちが気持ち良さそうか見てみようか」

百花の予想通り透はとんでもないことをさらりと口にして、すでに唾液で濡れた乳首をぱっくりと咥《くわ》え込んだ。

「ひぁ……っ」

熱い粘膜に包まれた乳首は唾液を纏わされ、ちゅぱちゅぱと音を立てて吸われる。あまりにもいやらしい水音に耳を塞《ふさ》ぎたくなった。

「次はこっち」

今度は吸われたせいでジンジンと痺《しび》れる乳首を舌先が撫でるように舐め回し始める。吸われた時よりも優しい触れ方が焦《じ》らされているようで、もどかしさに腰が揺れてしまう。

もっと強く触れてほしい――そう思った次の瞬間、先端に強い痛みが走った。

「あっ！」

甘噛みされたのだと気づいたときには、再び口腔内に取り込まれて乳輪ごと舐めしゃぶられていた。繰り返し与えられる刺激に、百花はシーツに背中を擦《こす》りつけて身悶えてしまう。

「はぁ……ん、や、とおる、く……んん……っ」

透は反対側の乳首も同じようにたっぷり愛撫して、気づいたときには両胸の先端がじんじんと痺れて自分のものではないみたいだった。

透の唇は胸だけでなく身体中に口づけを落としていく。胸の間や柔らかな膨らみを辿り、ほっそりとしたウエストやおへそのくぼみにも舌を這わされ、百花は焦《じ》れったさに身を捩る。

「やぁ……ン！」

自分の声とは思えないぐらい甘えた声にびっくりするが、透はそう思わないのか逃げられないように百花の腰に手を添える。

唇と舌がさらに下に滑り下りていくのを感じて、百花は慌てて透の頭に手を添えた。

「ま、待って……それ以上は……」

そういう行為があることは知っているけれど、自分はそんな恥ずかしい場所を透に見られたくない。それなのに透は腰を押さえていた手を太股へと滑らせ、膝を折るようにして足を開かせてしまう。

「や！　ダメ！　み、見ないで！」

「大丈夫。暗いから見えないよ」

透はそう言ったけれど、そんなはずがない。スタンドライトの明かりは遠いが、薄暗いながら百花から透の顔が見えるのだから、それよりも透の顔の近くにある、百花の足の間の恥ずかしい場所など丸見えのはずだ。

「見えなくても嫌なの！」

ジタバタと足を動かしたが、逆に太股《ふともも》の下に手を回してがっちりと抱え込まれてしまう。

「ここもちゃんと舐めてほぐしておかないと。痛いのは嫌だろ」

もちろんそれは嫌だが、そんな場所で話をしないでほしい。透の息が降りかかって、足の間が勝手に疼《うず》いてしまうのだ。

透もそれに気づいたのだろう。ヒクヒクと震え始めたその場所に、ふうっと息を吹きかけた。

「ひ……ッン！」

押さえ付ける力に反発するように腰を大きく跳ね上げてしまう。

「百花。こんなに敏感だったんだね。見ているだけで濡れてくるのがわかるよ」

「そんなの……知らな……」

首を振って腰を揺らすけれど、何の役にも立たなかった。

「じゃあ今日ちゃんと覚えて帰らないとね」

透はそう言うと百花の返事も待たずに、足の間に唇を寄せた。

「……っ！」

あちこち口づけられただけでも刺激的だったのに、蜜を滲《にじ》ませた秘裂をぬるついた舌で舐めあげられる刺激に何も考えられなくなる。

「んっ！　あっ、ああっ」

まだ誰にも触れられたことのない重なり合った淫唇を割り開くように、透の舌が丁寧に舐めほぐしていく。

ぬるぬると舌が這うのは透の唾液だけではなく、自分の胎内から溢《あふ》れる淫《みだ》らな蜜のせいだ。

「……んふぁ……っ、あ、あ、あぁ……っ」

艶を帯び淫《みだ》らに濡れた喘ぎ声は、他人の声みたいに聞こえる。

恥ずかしくてたまらないはずなのに、頭の隅ではもっと深いところに触れてほしいといやらしいことを考えてしまう。

「モモ、そんなに力を入れないで」

そう言って手のひらで太股《ふともも》を撫でられたけれど、愉悦を感じるたびに足に力が入ってしまい、どうすればいいかわからない。

すると愛撫されていた蜜孔の入口に奥を抉るように舌先がねじ込まれる。薄い粘膜にざらりとした舌が擦《こす》りつけられる刺激に、肌が粟立った。

「あぁ……そ、れ……んんぅ……っ」

ぬるつく舌で蜜孔を犯され、強い快感に腰がガクガクと震えてしまう。少し前まで想像していた行為よりも淫《みだ》らな愛撫に頭がついていかない。

キスよりすごいこと――確かにそう言ったけれど、初心者にはかなり濃厚だということなど、この時の百花にはわかるはずもなかった。

「モモのここ、柔らかくなってきた」

言葉とともに、百花の胎内に舌とは違う固いものが侵入してくる。

「……あ」

ぬるりと入ってきたのは透の指で、百花は驚きに目を瞠《みは》った。

「……痛い？」

気遣うような声に、百花は躊躇《ためら》いながら首を振る。痛くはないけれど、自分の胎内に透の指が入っているなんて不思議な感じだ。

指がゆっくりと内壁《ないへき》を擦《こす》るように抽送《ちゅうそう》され、ぞわりとした刺激を伝えてくる。百花の感じやすい場所を探すように指の腹があちこちを擦《こす》っていく。

指が出入りする蜜孔はクチュクチュといやらしい音を立てていて、それが自分のせいだと思うと恥ずかしくてたまらない。

「ん……は……ぁ……」

呼吸を乱す百花を見つめながら、透は再び下肢《かし》に顔を近づけ、秘裂に舌を伸ばした。

「んぅ！」

淫唇の奥に隠れた疼《うず》く花芯を舌先で押され、ビリビリとした快感が走る。

「ほら、モモのナカがキュッ、てなってる。一緒にすると気持ちいいだろ」

胎内が震えたことを返事だと思ったのか、指の動きが速くなり熱い舌が花芯を舐め上げていく。

「ん……はぁ、あ、あ、あぁ……ぅ」

舌で愛撫されるたびに痛みにも似た甘美な痺《しび》れが伝わってきて、一瞬で血液が身体を駆け巡るときのようにつま先にまで広がっていく。

ダメ押しとばかりに膨らんだ突起を吸い上げられ、百花は華奢な身体を大きく跳ね上げた。

「やぁっ、ん、んっ……ぅ……」

気づくと快感のあまり眦《まなじり》から涙がこぼれて、子どものようにしゃくり上げていた。

頭の中が真っ白になって、一瞬身体がふわりと浮遊する感覚の後、ドッと倦怠《けんたい》感が押し寄せてきて身体がだるくてたまらなくなった。

後になってそれが世間で「イク」と言われるエクスタシーを感じるものだと知ったけれど、この時の百花は、自分に何が起きたのかよくわかっていなかった。

「モモ、そろそろ挿《い》れてみようか」

――何を？　一瞬尋ねてしまいそうになった自分が恥ずかしい。

透はぐったりと横たわる百花にキスをすると、着ていたものを脱ぎ捨て準備を整えて戻ってくる。

「モモ、大丈夫？」

百花の上に覆い被《かぶ》さるようにして、透が両脇に肘をつき顔を覗き込んできた。

触れ合った素肌が熱い。透の体温の方が高いのだろうか。そう考えている間にも、今日何度目かわからなくなったキスで唇を塞《ふさ》がれる。

「ん……ふぅ……」

最初は戸惑ったはずの深い口づけが今は気持ちよくてたまらない。百花が自分から口を開くとすぐに厚みのある舌が潜り込んできた。

粘膜が擦《こす》れ合う刺激が気持ち良くて、夢中になって舌を絡める。もっと透と繋がって、絡み合いたい。そんな欲求を感じて身体が疼《うず》いてたまらなかった。

「ん、んぅ……ぁ……」

透が口づけの角度を変えるたびに身体が揺れて、お腹の辺りにゴツゴツと固いものが当たる。こんな大きなものを本当に受け入れられるのだろうかと思っているうちに、足を大きく開かされた。

「ゆっくりするから……怖がらないで」

透がそう言うのなら大丈夫だという根拠のない安心感を覚えて、百花は小さく頷《うなず》いた。

舌と指で愛されたばかりの蜜孔に熱い塊が押しつけられる。

てっきりいきなり痛みを感じると思っていたのだが、透は太い先端で蜜孔の入口を馴《な》らすように浅いところで何度も出し入れをくり返す。ヌルヌルと雄の先端が隘路《あいろ》を刺激して、いっそもどかしさすら感じてしまう。

「……いくよ」

百花の表情を伺っていた透が耳元で囁いた次の瞬間、隘路《あいろ》を押し開こうとする痛みに、百花は顔を顰《しか》めた。

「あ……！」

舌や指の太さとは比べものにならない熱く滾《たぎ》った熱が、未熟な膣洞を無理やり押し開いてくる。

強い痛みに腰を引こうとしたけれど、それよりも早く透の体重に押さえ付けられて動けない。

ずるり、と一気に雄芯が胎内に入ってきて、薄い粘膜が引き伸ばされる痛みに目を見開く。何かで切りつけられたようなピリピリとした痛みと圧迫感。

「あ……やぁ……ぁ……」

熱い昂《たかぶ》りがねじ込まれるにつれて引き裂かれるような痛みが広がって、百花はジタバタと足掻いてしまう。しかし抱え上げられている足は宙を掻くだけで、痛みから逃れる助けにはならなかった。

「ごめん。やっぱり痛いよね……」

透は申し訳なさそうに呟《つぶや》いたけれど、動きを止める様子はない。それどころか引けてしまう百花の腰を抱き寄せて、これ以上ないというところまで深く腰を押しつけてきた。

「や、ぁ……っ！」

痛みにのたうつ身体を透が強く抱きしめる。

「しーっ。もう大丈夫だから落ち着いて」

痛くてたまらないのにギュッと抱きしめられると別の愉悦を覚えてしまう。透の腕の力強さとか、広い胸の温かさとか、あやすような囁《ささや》きとか、すべてに感じてしまうのだ。

透はグズグズと鼻を鳴らす百花の身体を抱きしめていてくれていて、百花はそれに甘えるように自分でも腕を伸ばしその身体を抱き返す。

「大丈夫？」

「だいじょ……ぶ、とおるくんの、こと……すき、だから……」

そう、これが好きではない男に与えられる痛みなら耐えられないが、生まれて初めて好きになった透にされることなら耐えられる。

「モモ、あんまり俺を嬉しがらせないで。今日は優しくしたいから」

透はそう呟《つぶや》くとわずかに身体を起こして百花の額《ひたい》に口づけた。

「やっと俺のものになったって言うだけで、もうこんなに抑えが効かなくなりそうなんだから」

そう言いながら顔中に口づけてくる。

透が身体の上で身動きするたびに繋がっている場所が揺れて鈍い痛みを感じるのに、キスをされた場所からは甘い愉悦を感じる。まるで飴と鞭のような行為に、頭がクラクラしておかしくなりそうだ。

「んん……」

「まだ痛い？」

透は心配そうに顔を覗き込みながら、片手を二人の繋がりへと伸ばす。指先が蜜孔の上部に隠れた小さな突起に触れ、その場所をクリクリと捏《こ》ね回し始めた。

とたんに雄芯を受け入れていた濡れ襞《ひだ》が収斂《れん》して、その刺激に身体が跳ね上がる。

「あぁ！　いや、そこ触っちゃ……！」

透の肉竿を受け入れているだけでも辛いのに、そんな場所に触れられたら自分で腰を揺らしてしまい繋がった場所の痛みが増してしまう。身体の下でジタバタと身悶《みもだ》える百花を見て、透は手を離し、代わりに優しく頬に触れた。

「痛い思いさせてごめんね。俺を受け入れてくれてありがとう」

胸がキュンとして苦しい。この人を好きになったのは間違っていなかったと思わせてくれる言葉だった。

「……透くん、大好き」

「俺もモモが大好きだよ」

透はゆっくりと百花に口づけ何度か唇を吸い上げると、顔を覗き込んできた。

「モモ、あと少しだけ頑張ってくれる？」

百花は潤んだ瞳で透を見上げ、こくんと頷《うなず》いた。

「うん、いい子」

優しく頭を撫でられるだけでうっとりしてしまう。今までにも頭を撫でられたことは何度もあるのに、自分はどうしてしまったのだろう。

透はキスで百花の唇を塞《ふさ》ぐと、太股《ふともも》に手を回しゆっくりと抽送《ちゅうそう》を始めた。

固い先端を擦《こす》りつけるようにゆっくりと引き抜かれ、もう一度奥深くまで押し込まれる。百花は胸を揺らしながら背を反らし、その熱を受け止めた。

「あ、あぁ……」

グチュグチュと卑猥《ひわい》な音をさせながら、抽送《ちゅうそう》をくり返される。やがて動きが速くなり、気づくと透は百花の腰を抱え上げ、激しく腰を打ちつけ始めていた。

「あっ、あっ、あぁ……ン!!」

肉竿を引き抜かれるときの喪失感と、肌を打ちつける音がするほど深くまで奥に叩きつけられる刺激で、クラクラと眩暈《めまい》がしてしまう。

最初に雄芯を受け入れたときの引き裂かれるような痛みはとうに消えていて、腰が痺《しび》れるほどの快感に身体が震えてしまう。

「あぁ……あっ、んっ、んんぅ……」

何度も激しく腰を押し回されて、目の前に小さな星が飛び散る。

「モモ、可愛い……」

掠《かす》れた声で何度も囁《ささや》かれて、百花は必死で透の肩口にしがみつく。すると透の律動《りつどう》がさらに速まり、激しく肉棒が突き上げられていく。

「ふぁ……あっ、あっ……んぅ……や、ん……あぁ……」

もう声を我慢することなどすっかり頭の中から抜け落ちていて、百花は快感に溺れて淫《みだ》らな声を上げ続けた。

この苦しい快感はいつまで続くのだろう。早く終わってほしいほど苦しいのに、もう一方でいつまでも透に求められていたいと思う自分がいる。

透はその後も何度も律動《りつどう》をくり返し、百花が繰り返し最奥へと与えられる刺激にぐったりとするころ、百花の胎内で雄竿をぶるりと震わせた。

透は胸の中にも百花の身体を掻き抱くと、しばらく背筋を震わせながら折り重なるように百花を抱きしめていた。

お互いの汗ばんだ肌が触れ合って、透の体温やいつもより少し速い鼓動が伝わってくる。それは疲れきった身体には眠気を誘う呪文のようで、百花は瞼《まぶた》が重くなるのを感じながら、透の腕に抱きしめられていた。

「モモ、大丈夫？」

透がわずかに身体を起こして百花の顔を覗き込む。身体は快感の余韻に震えていたけれど、さっきまでの乱れていた自分を思い出し、透と見つめ合うのはまだ恥ずかしい。

するとそれを察したのか、気遣うようだった透の表情が緩む。

「モモが俺の腕の中にいるなんて夢みたい」

透は百花の額に唇を押しつけると、もう一度胸の中に深く抱きしめた。

5

透のプロポーズを受け入れて晴れて本物の婚約者となり、百花は自分のフワフワとしていた気持ちがしっとりと落ち着いてきたのを感じていた。

恋人が欲しいと焦っていたつもりはなかったのに、何かあったら話を聞いてもらったり相談できる家族とは違う相手がいると思うと、何となく安心感がある。人を好きになるというのは相手を信頼するという部分が大きいのかもしれない。

今まで兄のように慕っていた透が恋人というのはまだおかしな感じだが、彼の腕の中にいると自分でも不思議なぐらい気持ちが落ち着いて安心できるのだ。

気持ちが落ち着いていると仕事も順調で、次に透と会う日まで仕事をしっかり頑張ろうと、いつもより張り切っている自分がいた。もともと好きな仕事だったが、さらに毎日が充実していてやる気が漲《みなぎ》るとでも言えばいいのだろうか。

その証拠に新しく考えたアフタヌーンティーの企画も翠からのＯＫが出て、次の全体会議に上げてもらえることになった。

ＭＩＮＡの専属モデルの件も企画書にして透に渡してある。透がチェックして問題なければＭＩ

ＮＡに話を持ちかけてくれることになっていた。

大好きな恋人もいて、仕事も順調。言うことなしの毎日で、こんなに幸せでいいのかと心配になってしまうほどだ。

付き合い始めてからは、百花の仕事がないかぎり週末は透のマンションで過ごすことが多かった。外泊については両親よりも兄の拓哉がうるさいのではないかと心配していたのだが、それも透があっさり解決してくれた。

正式に付き合うことになった翌週には、透が百花の両親に挨拶に行ったのだ。

「今さら両親の許可とかいらないでしょ」

まだ両親に報告するのが照れくさかった百花は渋ったけれど、何でもわがままを聞いてくれる透がそこだけは譲らなかった。

「そういうわけにはいかないよ。結婚式もするんだし、俺の家もモモの家もそれなりの会社を経営してるだから、色々都合もあるだろ。百花のご両親の許可が取れたら俺の父や祖父にも話さないと」

「会社都合とか言われると、本当に政略結婚みたい」

最初は両家の勧めと透に頼まれての婚約だったので政略結婚のようなものだが、でも百花はちゃんと透を好きになって結婚を決めたのだ。

すると百花の気持ちがわかったのか、透が手を伸ばし百花の頭をポンポンと優しく叩いた。

「俺は一応恋愛結婚のつもりだから。結婚式でもそう紹介してほしいと思ってるよ。でもお互いの家が手広く会社をやっていることに間違いはないんだから、その辺はちゃんと考慮しないとね」

ただ好きだとか楽しいと浮かれていた百花とはまったく違う大人の思考に、そんなものなのかと頷《うなず》くしかない。

透の言う紹介とは、披露宴で司会者が新郎新婦のプロフィールやなれそめを説明するあれのことを指しているのだろう。幼馴染《おさななじ》みと紹介されるのは仕方がないとしても、ちゃんと好き合って結婚するのだとアピールしておきたい。披露宴の打ち合わせが始まったら、そのことはちゃんとアピールしようと気の早いことを考えた。

「結婚式はもう少し先の話だし、その辺のことはゆっくり考えるとして、二人で会いやすいようにおじさんたちにはちゃんと筋を通しておかないとな」

「うん」

最初は改めて両親に話をするなんて面倒くさいと思っていた百花も、透の言葉に素直に頷いた。

透のことだから、百花がプロポーズを受けた時点ですぐにでも結婚式の日取りを決めると言い出すのではないかと思っていたのだが、それは違っていた。

考えて見れば彼は企業の経営側の人間で、目標のためにはあれこれ根回しするのも仕事のうちで、両親への挨拶もそのひとつなのかもしれなかった。

というわけで付き合い始めた翌週の末には、透と一緒に百花の両親に結婚を前提にした交際を始めたと報告することになった。

「先日百花さんにプロポーズをして、承諾してもらいました。今日は改めておじさんとおばさんにも許可をいただきたく伺いました」

百花の知っている透とは違う大人の横顔は、何だか別の人に見える。百花に見せる顔とは違う透の姿に、真面目な集まりだというのにドキドキしてしまう。

「僕らは六年前に二人の婚約に同意しているんだから、今さら許可なんていらないだろう？」

そう言って父は笑ったが、透はかしこまった態度を崩さない。

「いえ、これまでは形だけで僕も百花さんに婚約者らしいことをしてきませんでしたから、これからゆっくり時間をかけて結婚について話し合っていきたいと思っています」

あくまでも、いつもの友人の息子という立場ではなく百花の婚約者というスタンスを貫くつもりらしい。

「透くん、すっかり頼もしくなったわね。まあ透くんは十歳の時からうちの息子だと思っているから、これからもよろしくね」

母も手放しで喜んでいるのを見て、今どき親に交際の許可を取るなんて面倒くさいと思っていた百花も、透の態度に感謝しかなかった。

透と今後のことはゆっくり話し合って決めていくとすりあわせていたが、両親の方が盛り上がっていて、いくら幼馴染《おさななじ》みで気心の知れた仲といっても結納は必要だとか、式はどこで挙げるのかとかしましい。

結局近々両家でお祝いの食事会をしようというところで話が落ち着くまで、あれやこれやと家族で盛り上がることになった。

それからもう一つ意外だったのは兄のことだった。両親に挨拶に行った日に兄は不在で、百花から改めて帰宅した兄に報告したのだが、あっさり「おめでとう」という言葉が返ってきた。

もっと透の悪口を言われるとか、結婚はまだ早いとかあれこれ言われることを想定して、それに対抗する答えも考えていたのに、何だか肩透かしを食らったみたいだ。

「お兄ちゃん、いいの？　もっと反対するのかと思ってた」

すると拓哉は肩を落として溜息を吐いた。

「正直、今どき二十三歳で結婚は早すぎるとも思うけど、モモのために前向きに考えることにしたんだ」

妹の結婚を前向きに考えるというのはどういう意味だろう。

「まずどこの馬の骨かわからない奴と結婚するよりは、透の方が三センチぐらいマシだ。なんと言っても透のお父さんとお祖父《じい》さんならモモが嫁いでも虐《いじ》められる心配もない。それに俺が目を光らせていれば、透が浮気をしてモモを悲しませることもないだろう？　新居はうちの近くにしたらどうだ？　何なら透だけ会社の側に住まわせて、モモは実家にいたっていいんだし」

それはもう結婚ではない気がする。しかも他の男と比べて三センチなら、拓哉は透のことをたいして信用していないようだ。それにこれだけ妄想を語るのは、拓哉の言うところの前向きという思考にはほど遠い気がした。

色々闇を感じる発言だが、いちいち指摘すると面倒くさそうなので、百花は気づかないふりをしておくことにした。

まあそんなこんなで透との新しい関係は順調で、百花は仕事も恋愛も充実した日々を送っていた。

ある平日の午後、いつものようにオフィスでパソコンに向かっているとデスクの電話が鳴った。内線電話の音だ。

「はい、広報室です」

百花より一瞬早く隣席の翠が受話器を取り上げる。翠は二言三言応答すると、受話器を置いて百花を振り返る。

「百花ちゃん。部長が呼んでる。会議室Bだって」

「ありがとうございます」

百花は部長がわざわざ会議室に呼び出すなんて珍しいと思いながら、急いで席を立った。

もしかして、何かミスをしてしまい叱責されるのだろうか。初めてのことにドキドキしながら会議室の扉を開けると、思いの外《ほか》上機嫌の部長が座っていた椅子から手招きをした。

「おお、来たか。とりあえず座って」

「はい。失礼します」

どうやらお小言ではないらしい。少しホッとしながら部長の向かい側に腰を下ろした。

「まだ内示の段階なんだけど、先日募集していた関西出店のスタッフ。広報《うち》からは君に決まったよ」

「えっ!?」

応募したこともすっかり忘れていたので、思わず大きな声が出てしまった。

少し前に話があった、関西進出のオープニングスタッフの募集の話だ。翠の勧めもあって関西支店を盛り上げるための企画書を立てて、それと一緒に申し込んだのだ。同期も何人か応募していたからまさか自分が選ばれると思っていなかったし、透とのあれこれもあったのでずいぶん前の出来事のようだ。

「君の企画書、すごくいいって重役会議でも評判だった。僕も社長から直接お褒めの言葉をいただいて鼻が高かったよ。社長の友人の娘だから贔屓《ひいき》されているとか色々言う人間もいるが、他の企画も当たっているし、自信を持っていいぞ」

「ありがとうございます」

部長からこんなふうに手放しで褒められるのは初めてで、少し恥ずかしい。

「詳しい話はまた改めてになるが、春のオープンに合わせて年が明けたらすぐに向こうに行ってもらって、シーズンが落ち着く夏まで。募集要項の通り、希望すれば向こうに続けて勤務も可能だから」

年明けということはあと三ヶ月ほど時間がある。でも夏まで向こうにいるとしたら少なく見積もっても軽く半年は超えるだろう。その後東京に戻る希望を出すとしても、それだけの期間透と離れなくてはいけないし、結婚の話も止まってしまうことになる。

透と結婚を決める前なら喜んで飛びついたはずの話なのに、今は喜べない。そもそもこんな中途半端な気持ちで関西へ行っても、きっといい仕事はできないだろう。

「あの……私から申し込んでおいて申しわけないのですが、このお話は一旦保留にしていただけないでしょうか」

「どうした？　何か不都合でもあるのかな？」

喜ぶと思っていた部下の顔が浮かないことに気づいたのか、部長が訝《いぶか》しげな視線を向けてくる。

「ええと……実は……か、家族にまだ話をしていなくて」

「ああ、そういうことか。榊原くんは実家住まいだったね。わかった。まだ少し時間があるし、どうしてもダメなら言ってくれ。他の候補者に声をかけるのにもある程度時間が必要だからね」

「はい。すみません」

「ただこれは君にとってもいいチャンスだから、よく考えて返事をしてくれよ」

「承知しました。失礼します」

部長に頭を下げて会議室を出たが、百花の気持ちはすでにこの話を断る方向に傾いていた。

今、自分と透はとても大事な時期だ。仕事は好きだが、透と結婚するなら彼の仕事の方が優先になるだろう。できる限り仕事を続けるつもりだが、妻として彼のサポートもしたい。その覚悟があるからこそ彼との結婚を決めたのだ。

それに子どもっぽいと言われるかもしれないが、今このタイミングで透と離れて生活することは考えられなかった。

透に会えるのも仕事を頑張れる理由のひとつだし、もし関西行きを受け入れたらまだ付き合いたてだというのに遠距離恋愛になってしまう。

「百花ちゃん。部長、何だって？」

オフィスに戻ると翠がすかさず尋ねてきた。

「あ、えっと……アフタヌーンティーの企画は評判が良かったから、新しい企画をどんどん考えろとかそんな感じでした」

「最近百花ちゃん調子いいもんね。でもそんなに簡単にアイディアが思い浮かぶわけないのに。上の人間ってそういうのわかってないのよ」

「ですよね～」

翠の言葉に合わせて笑みを浮かべながら、百花はモヤモヤとした気持ちを抱えることになった。

気持ちは断る方向に傾いているのに、もう一方でせっかくコネではなく実力を認めてもらえたことが嬉しくて、関西支店に行ってもっと自分の力を試してみたいという欲も出てきてしまう。

百花が関西に行きたいと言ったら、透は止めないだろう。応援してくれるはずだ。だからこそ関西行きは断ろうと思う。

透はこれまで百花のことを優しく見守ってくれて、何かを押しつけるとか、無理強《むりじ》いをしてきたことはない。そんな透にこれ以上我慢をさせたくない。やっとお互いの気持ちを確認できたのだから、今はこの関係を育てるためにも透の側にいた方がいいのだ。

部長には考えると言ってしまったけれど、週明けにでも改めて辞退すると伝えよう。こんな中途半端な気持ちで行くのは他のスタッフには迷惑がかかる。

透に話をしたら気を使わせてしまうから、早く断ってしまおう。そう思っていたのに、透の方からその話題を持ち出してきた。

その日は金曜日。定時で会社を出た百花は、最寄りのスーパーで買い物をしてから透のマンションへ向かった。

この週末は透の部屋に泊まることになっていたから、夕飯を作るつもりだった。

透からは予《あらかじ》め定時に会社は出られないけれど、なるべく早く会社を出るようにすると連絡が来ていたので、先に帰って夕飯を作っておけばゆっくり過ごせるだろう。

透は大学に入学するときに実家を出ていて、最初のマンションは大学の近く、今は都内の別のマンションに暮らしている。

透の部屋に泊まるようになるまで、仕事が忙しいから自炊の習慣がなく調理器具も揃っていないと思い込んでいた。これまでは遊びに来ても、キッチンにはほとんど入ったことがなかった。でもいざ透のキッチンを見ると、フードプロセッサーやマルチクッカーなど最近流行りのアイテムが並んでいるので驚いてしまった。

「外食は後片付けがないのが楽だけど、休みの日にいちいちで出かけるのも面倒だろ。こういう電気調理器って レシピ通り材料を入れておくだけでいいから結構簡単なんだ。よかったら作るから、食べてみて」

そう言ってさっそくポトフを作ってくれて、冷凍庫のバゲットを焼いてテーブルに並べてくれる。

「美味しい！　冷凍のバゲットなんてあるの知らなかったよ」

豚の塊肉は口に入れるとホロホロととろけるぐらいよく煮込まれていて、丸ごと入っていたタマネギも甘く煮えている。焼きたてのバゲットもとても美味しかった。

「週末にスーパーで買い物して冷蔵庫に入れとくんだ。モモは知らないかもしれないけど、最近は冷凍食品がかなり充実してて便利だぞ」

「透くん、一人暮らし極めてるね。お兄ちゃんなんてずっと実家だけど何もしないよ。子どもの頃はパパやママがいないとき焼きそばとか炒飯を作ってくれることがあったけど、今は休みの日に料理なんてお菓子の試作ぐらいだし」

「拓哉は仕事で料理をしてるからプライベートまでしたくないいんじゃないの？　まあお互い無理はしないでできる範囲でやればいいと思ってるから、モモも気軽に遊びに来てね」

最初からハードルを下げてくれるのは嬉しいが、彼氏の方が料理がうまいのは少し悔しいので、今夜は百花が腕を振るうつもりだった。

仕事帰りに買い物をして透が帰ってくるのを待ちながら夕飯を作るなんて新婚みたいだ。透と結婚したら、お互い仕事をしながらこんな生活になるのだろうかと想像してしまう。

勝手が違うキッチンもそのうち慣れるのだろうと思いながら料理をしていると透が帰ってきた。

「ただいま〜」

玄関で声が聞こえて、急いで火を消して飛び出していくと、透が洋菓子店の箱を下げてリビングに入ってきた。

「おかえりなさい！」

「はい。これお土産のフルーツゼリー。モモはケーキは食べ飽きてるだろうから」

「わーい。ありがとう」

喜んで受け取った箱には都内に何店舗かある高級フルーツを扱う洋菓子店の名前が書かれていた。ゼリーといっても一つ千円を越えるようなものばかりで、普段気軽に買うような物ではないので嬉しい。

「すぐに夕飯にしてもいい？　もうほとんどできてるんだけど」

手を洗うために洗面所に入っていく透を追いかけると、なぜか腰を引き寄せられ向かい合うようにして透の胸の中に抱き寄せられる。

確認するようにジッと見下ろされて、百花は何事かとその顔を見つめ返した。

「何？」

「モモのエプロン姿が新鮮だなって。こうやっておかえりって出迎えられるのも悪くないね。少し早い新婚気分だ」

透は優しく笑うと、百花の唇にチュッと音を立ててキスをした。

「ふふっ」

改めて言われると照れくさい。百花も新婚気分に浸っていたから透も同じことを考えてくれたのが嬉しかった。今はこういう時間が大切で、やっぱり透と一緒にいたいという気持ちが大きくなる。

「模擬新婚生活だね」

「そうだね。じゃあ俺も手伝うからキッチンで待ってて」

「うん！」

百花は元気よく頷《うなず》くとキッチンに戻り、先に料理の仕上げを始めた。

もう一度鍋に火を入れながら、先ほどの透の台詞を思い出しニヤニヤしてしまう。

透にプロポーズされたときは、二人でこうやって過ごすことなんて想像もしていなかったし、こんなにもしっくりくるとは思わなかった。

「おまたせ」

そう言ってキッチンに入ってきた透は、Tシャツとチノパンというラフなスタイルに着替えている。

「夕飯を作ってくれるのは嬉しいけど、モモも仕事してるんだから無理しなくていいからな。外食だってデリバリーだってあるんだから」

透の言葉に百花は素直に頷いた。

「うん。わかってる。でも今日は作りたかったの」

今日は時間もあったから料理をしたが、透の言う通りこれが毎日だと大変なのかもしれない。お互い残業もあるし、百花は週末にウエディングフェアや取材が入って出勤になることもある。

結婚をするのならそういうことも話し合っておかないとだめなのだろう。

「何作ってくれたの？　すごく良い匂い」

背後から肩越しに覗き込まれて、百花は意気揚々と鍋の蓋を開けた。

「じゃ〜ん！　煮込みハンバーグで〜す！　前にママが作ってたの、透くん美味しいって食べてたでしょ。だからママにレシピ聞いてきたの」

キッチンにデミグラスソースの香りが広がって、我ながら美味しそうに仕上がっている。

「めちゃくちゃうまそう！」

「でしょ。時間がないからデミグラスソースは缶詰使ったけど、ママの味っぽくできてると思うんだよね」

「よし。これなら赤ワインの美味しいやつがあるから」

透はそう言うと、リビングのワインセラーからボトルを取り出した。

メインの煮込みハンバーグにバゲットを添えて、ベビーリーフとアスパラガスのサラダにはブルチーズのドレッシングを添える。

透は百花の作った煮込みハンバーグをすっかり気に入ってくれ、残さず平らげてくれた。さらには百花が作ったのだから食後の片付けは自分がすると一手に引き受け、紅茶を淹《い》れてデザートをお皿に盛り付けてくれた。

二人でソファーに座っておしゃべりをしたりテレビを見る。なんてことはない時間なのだが、透と一緒にいるというだけで特別な時間に思えた。

「あ。これ面白そう」

透とおしゃべりをしていて真剣に見ていたわけではなかったが、公開中の映画の宣伝を見て透を見上げた。

「明日見に行く？」

期待通り返ってきた言葉に笑顔で頷いた。

「じゃあネットで席だけ予約しておこうか。早めに出てランチしてから映画でいい？」

透はスマホで近所のシネコンのサイトを開くと、手早く席を予約してくれる。

「はい。予約完了……っと」

透はスマホの予約画面を見せてくれた。

「わーい。明日寝坊しないようにしないと。透くん、先にお風呂入って。私カップとか洗っておくから」

百花が紅茶のカップを手に立ち上がると、透が思い出したように言った。

「そういえば、関西支社のオープニングスタッフ、そろそろ内示だって聞いたけど。俺は関わってないから詳しく聞いてないんだけど、モモも応募したんだろ？」

百花の中ではもう決着がついていることだったが、透には何も話していないことを思いだしドキリとする。どうやって辞退のことを切り出そうか。

「あー……」

一瞬選ばれていないふりをして誤魔化そうかとも思ったが、透がその気になれば百花が広報から選ばれていることはすぐにわかるはずだ。それならやっぱり本当のことを言った方がいい。

百花はシンクにカップを置き、何でもないことのように明るい調子で言った。

「あれね、私は辞退しようと思って」

「え？」

「実は今週部長から打診はされたんだけど、色々大変そうだし、やっぱり断ろうかなって」

百花はなんでもないことのように言ったつもりだが、透の表情がたちまち険《けわ》しくなる。

「どうして？」

いつもよりワントーン低い声の調子に不安を感じながら、何気なさを装って水栓のレバーを上げ水を流す。

「も、もともと同期もみんな応募するから流されて申し込んだところもあるし、知らない土地で一人暮らしとか無理だもん。透くんだってそう思うでしょ」

手早くカップを洗っていると、なぜか透がキッチンまで追いかけてきた。

「モモはたくさん企画を考えて頑張ってるじゃないか。それが評価されたってことだろ。美南もモモの企画書、面白いって言ってたぞ。結婚発表後第一弾の仕事としては最高だから、事務所にも相談したいって」

「ホント⁉」

あの夜、ＭＩＮＡに会って衝動的に思いついた企画だったから、面白いと言ってもらえて嬉しい。

ＭＩＮＡはギリギリまでマスコミに発表したくないようだから、結婚式の準備と共に社内でも極秘裏に進めなければならないが、同時発表できればこちらとしてもかなりの宣伝効果が見込める。

「ああ。今俺が根回しで動いてるけど、重役にも話を持ちかけてるから、許可が出たらモモは忙しくなると思うよ」

「ほら、ＭＩＮＡさんの企画が本格的になるのなら、なおさら東京にいた方がいいじゃない」

そう、わざわざ透のそばを離れなくても仕事はできるのだ。

「でも関西支社に言ったとしても、ＭＩＮＡのプロジェクトには参加できるだろ。モモの企画なんだし、広報室と連携をとれば並行してできなくはないし」

「ムリムリ。私そんなにキャパシティ広くないもん。目の前の仕事だけで手一杯だし、関西の仕事は私以外にも候補者がいるって部長も言ってたし」

「……」

「ほら、透くんお風呂入ってきてってば。明日寝坊したら困るでしょ」

そう言ってまだなにか言いたげな透をキッチンから追い出した。

百花はこの話はこれでおしまいだと思っていたけれど、透はそうではなかったらしく、しばらくして信じられないことが起きるのだが、このときの百花はその兆《きざ》しにすら気づいていなかった。

しばらくして、ウエディング部門の上級職や広報室にのみ、ＭＩＮＡとのコラボレーション企画のことが発表された。

来年の秋に結婚を発表する予定のＭＩＮＡに合わせて新しいウエディングドレスブランドを作るという企画で、透の言ったとおりプロジェクトのメインは百花だ。

もちろんドレスのデザインや構成などは専門のデザイナーが入ることになるが、百花はＭＩＮＡと会社の間に入って交渉をしたり、全体のディレクションを担当することになる。

すべてが初めてのことばかりなので翠が補助に入ってくれることになっていて、会社を挙げての大プロジェクトだった。

まず最初に厳しく言われたのが、このプロジェクトはサプライズであることが肝なので、マスコミなど外部に情報が漏れないように極秘裏に進めなければいけないということだった。

大変デリケートな案件なので各自慎重に扱うようにと厳しく指示され、情報の守秘義務に関する書類にもサインさせられたほどだ。

広報室でこのプロジェクトの企画が百花であることを知り、みんなその快挙に盛り上がってくれた。

周りが口々に褒めてくれるのは嬉しかったが、この企画の半分……というか九割ぐらいは透の手柄だったので、賞賛を受ける百花は複雑な気分だった。

ＭＩＮＡが最初に結婚について相談したのは透だし、百花は偶然ＭＩＮＡを紹介されただけなのだから、そもそも透がいなければ成り立たない企画だった。

百花は翠にだけはその事実を話したが、彼女はそれに対してあっさりとした顔で肩を竦《すく》めた。

「バカね。コネも実力のうちなのよ。専務と百花ちゃんが幼馴染《おさななじ》みでなければＭＩＮＡを紹介されなかったし、百花ちゃんがＭＩＮＡと出会ったから企画が生まれた。他の人にはできないことでしょ。やっかんで色々言う人がいるかもしれないけど、堂々としてなさい」

「そうなんですけど……」

翠の言う通りでもあるのだが、やはり少しの後ろめたさはある。

「そもそもこのコラボ企画を思いついたのは百花ちゃんで、専務が思いついたわけじゃないんでしょ？」

「アイディアを出したのは私です。でもＭＩＮＡさんに企画を持ちかけてくれたり、重役に交渉してくれたのは透……いえ、専務なんです」

「じゃあ、百花ちゃんは専務への感謝の気持ちを込めてこのプロジェクトを成功させればいいのよ」

確かにその通りだ。百花が結果を出すことで、この企画を推してくれた透が他の重役たちに認められることにも繋がるだろう。気が早いが、これもある意味内助の功だ。

「そういえば部長が言ってたけど、関西行き迷ってるんだって？　このプロジェクトのことがあるから迷っているのかもしれないけど、関西支社のオープンは春で、新ブランドの発表は秋でしょ。十分並行して進められると思うよ。東京《こっち》は私が全面的にフォローするからさ」

「……」

「不安なこともあるかもしれないけど、独身で身軽なうちに色々チャレンジしてみてほしいな。私は結婚して出産したことを悔やんでないけど、やっぱり仕事に制約はかかるからね。マルチタスクは大変だけど、いい経験になると思うよ」

「翠先輩……」

本当は透とのことを相談したいが、さすがにまだそれは口にできない。

正直関西行きは諦めるつもりだったのに、時折新しい式場ならあんな企画はどうだろうとかこんなイベントをやったら集客に繋がるんじゃないかなど、アイディアが浮かんでくることがある。

せっかくのチャンスをもったいないと感じる自分もいるが、やはり透と離れたくない気持ちの方が勝つのだから仕方がない。

部長が翠にそんな話をしたということは、早く返事をしろという催促なのかもしれなかった。

「わかりました。もう一度部長と話してみます」

「うんうん。百花ちゃんがどっちを選んだとしても、私は応援するからね！」

「はい！　ありがとうございます!!」

百花はさっそく部長に時間を作ってもらおうとしたが、タイミング悪く出張中で、週明けにどこかで時間をもらえるようにメッセージを送っておくことにした。

おかげでその間に色々自分の気持ちを整理することができる。透にやはり関西に行くと言ったら、彼のことだから自分のことは気にせずに行ってこいと言うだろう。

透の家で話題になったときも、百花が断るつもりだと言ったら何か言いたげだったのだ。あの顔は百花の意見を尊重して、自分の言いたいことを飲み込んだという顔だったのも本当は気づいていた。

しかし、百花が透と離れることに耐えられない。そのために仕事を諦めると言ったら、透は幻滅するだろうか。いつの間にか透のことをすごく好きになっていて、離れるなんて想像ができないのだ。

プロジェクトも始まりお互い忙しく平日はほとんど会えないが、週末など二人で過ごす時間は百花にとってとても大切なもので、それを手放すことなど絶対にできなかった。

金曜の夜、いつものように透の部屋に行く予定で約束をしていたが、百花の仕事の忙しさも考え、透が外で食事をしてから帰ろうと提案してくれた。

今日は透もオフィス内で過ごしているから一階のエントランスで待ち合わせをしようという連絡が来て、百花はなんとか仕事を時間内に終わらせて、指定の時間よりも少し早く一階へと下りた。

ＢＯＮは都内に八階建ての自社ビルをかまえていているが、エントランスには警備員と受付があるだけだ。

その受付も朝九時からから夕方の五時半の間は秘書室付きの派遣スタッフが座っているが、定時を過ぎるとカウンターの内線電話のみで無人になる。

百花は出入りする人の迷惑にならないように、エレベーターホールから少し離れた壁際に立ってスマホを取り出した。

約束の時間まではあと十分ほどある。透に早く会いたくて下りてきてしまったと言ったら彼はどんな顔をするだろうか。百花の言うことなら何でも喜ぶ人だから、きっと笑ってくれるだろう。

誰かが聞いたらのろけでしかないようなことを考えたときだった。

「榊原さん？」

名前を呼ばれて顔をあげると、エレベーターホールの方から営業部の馬淵が笑顔で歩いてくるところだった。

「やっぱり榊原さんだった」

「馬淵さん、お疲れさまです」

「お疲れさま。そういえば聞いたよ。榊原さん、すごい企画を通したそうじゃない」

「えっ⁉」

もしかしてＭＩＮＡのプロジェクトのことだろうか。

情報を開示するのは社内でも一部の人間だけと聞いていたので、営業部の若手である馬淵が知っているのは驚きだった。

「な、何のことですか？」

思わずとぼけると、馬淵が噴き出した。

「隠さなくても平気だよ。社内で秘密裏に進められているプロジェクトって、実は営業部では暗黙の秘密って扱いなんだ。箝口令《かんこう》が敷かれているからみんな知ってるけど知らないふりをすることになってる」

よくわからないけれど、営業にはそんなルールがあるらしい。

「ＭＩＮＡは専務と同級生なんだって？　さすが持ってるコネのレベルが俺たちとは違うよね」

「そんな情報まで知ってるんですか？　私、これから営業の人の見る目が変わりそうです。もしかして、もう社内で噂になってるってことじゃないですよね？」

だとしたら色々問題だ。もしマスコミに漏れたらＭＩＮＡに迷惑をかけることになってしまう。

眉間に皺が寄るほど顔を顰《しか》めた百花を見て馬淵がまた笑う。

「そんなに心配しなくても大丈夫だよ。俺たち営業は情報収集も仕事のうちだからね。安心して。

社内では噂になってないし、営業部から情報が漏れるってことはないから。他社に情報が流れたりしたら迷惑するのは営業《おれたち》だからね」

「そうなんですか？　それならいいんですけど」

後で翠にもう一度情報の取り扱いについて相談した方がいいかもしれない。情報共有は上層部と一部の社員だけと聞いていたのに、すでに若手の営業が知っているのはあまり良くない気がする。

「そうだ、榊原さん。せっかくだからさ、今度お祝いに飲みに行かない？」

「お、お祝いですか？」

「そ。大きな企画が通ったんだし、少しぐらい羽目を外してもいいだろ」

「……」

百花が返事に困っていると、やんちゃな子どものように馬淵がニヤリと笑う。

「まあ俺はそれを口実に、榊原さんをデートに誘いたかったりする」

「えっ」

「営業と広報って一緒に飲む機会少ないだろ。改めて待ち合わせてデートだとお互い気を遣っちゃうし、ちょっとお試しで飲みに行くぐらいなら気楽でしょ。それで気が合うなら飲み友だちになってもいいし、もっと進んで恋人になるって道もある」

さすが営業だ。ただデートに誘うより、こういう言い方をした方が女性の方も気楽に受け入れられる。

馬淵は顔も悪くないし、こういう誘い方をしていたら、とりあえず一度目のデートは高確率で女の子を頷《うなず》かせることができそうだ。

現に百花も、飲みに行くぐらいならいいかもしれないと一瞬考えてしまったのだから。

「馬淵さん、お誘いは嬉しいんですけど、私彼氏がいるので、そういうお誘い受けられないんです」

「え、そうなの？　この前誘ったときはそんな雰囲気ないと思ってたけど、もしかして最近付き合い始めたとか？」

本当にそんな雰囲気もわかるのだろうか。そうだとしたら営業恐るべしだ。

「えーと……はい。なので、広報と営業の交流飲み会とかなら喜んで参加しますので」

隠す必要もないと頷《うなず》くと、意外にも馬淵はがっくりと肩を落とした。

「あーあ。残念」

「そんな大袈裟な」

「俺、結構本気で榊原さんのこと狙ってたんだけどな」

思いがけず真顔でそんなことを言われて、百花がうっすらと頬を染めたときだった。

「モモ」

突然名前を呼ばれてドキリとする。会社で百花のことをそう呼ぶのは透だけだ。

振り返ったときには透がすぐそばに立っていて、百花に怖いぐらい完璧な笑顔を向けていた。

「馬淵くん、お疲れさま。モモ、もう出られる？」

「う、うん」

馬淵に挨拶はしたけれど、視線は百花に向けられたままだ。もしかして馬淵と何かあると疑っているのだろうか。

「あ、榊原さん」

透の方に歩み寄ろうとした百花を、馬淵が呼び止める。視線で呼ばれた気がしてわずかに顔を向けると、馬淵が頭を下げて耳元に唇を寄せた。

「やっぱりあのとき新郎役を譲らなければよかったな」

「……っ」

それを見た透が何か言いかけた瞬間、馬淵がサッと身体を離す。まるでわざと透に見せつけたみたいだ。

「そういう冗談はやめてくださいね」

思わず顔を顰《しか》めたけれど、馬淵はニヤリと笑ってから透に向かって頭を下げた。

「専務お疲れさまです。お先に失礼します！」

透はやはり何か言いたげな表情をしていたが、すぐに気を取り直したのか表情を和らげ、いつもの笑顔になる。

「ご苦労様」

愛想良く馬淵に声をかけたのを見て、誤解はされなかったようだと百花はホッと胸を撫で下ろした。しかしそうではなかったのは、透の部屋に戻ってすぐに明らかになった。

「モモ。さっき、営業の彼と何話してたの？」

「え？」

透は固い声でそう言うと、背後から裸の百花の身体をギュッと抱きしめた。腕が動いた瞬間、バスタブの湯が波打って小さな飛沫を上げる。

馬淵と別れたあと会社の側で食事をしてから透の部屋に帰ったのだが、一緒にお風呂に入りたいとごねられて、泡風呂ならという条件で二人で湯船に浸かっていたのだが、突然の質問にとっさに言葉が出てこない。

「俺がエントランスに下りていったとき、営業の馬淵くんと仲良さそうに話してただろ」

背後から抱きしめられて身動きの取れない百花は、首だけを動かして透を見上げた。

「どうしたの、急に。あれは広報と営業で飲み会をしましょうって誘われてただけだよ」

「それだけ？　それにしては百花は楽しそうだったし、二人の距離が近すぎた気がするけど」

抱きしめる腕にさらに力がこもり、背中と広い胸がさらに密着する。嘘をついても見抜かれるような気がして、百花は馬淵に言われたままを口にした。

「あと……透くんに新郎役を譲らなければよかったって」

「やっぱりあいつ、モモを狙ってたのか」

透は苦々しい口調でそう呟くと、百花の柔らかな胸の膨らみをキュッと鷲《わし》づかみにした。

「あ、ン！」

突然の刺激に唇から甘ったるい声が漏れる。

「他には？　何を話したの？」

そう質問してきた透の声は少し低くて、何だか機嫌が悪そうだ。

「えっと……」

極秘のはずのＭＩＮＡのプロジェクトのことを話していたとは言えず口ごもると、その声がさらに低くなった。

「……もしかして大阪行きのことを相談してた、とか？」

「え？」

どうして今さら大阪行きの話が出てくるのだろう。透との間では終わったと思っていた話に、百花はとっさに何も言い返すことができなかった。

「……馬淵くんに相談するぐらいなら、どうして俺に相談しないわけ？」

そう呟《つぶや》いた声は、間違いなく怒っているときの声だ。透は何か誤解をしているらしい。

「やだなぁ。大阪の話は断るって言ったじゃない。それに馬淵さんは私が関西の企画に応募してるのも知らないと思うし。今日の透くん……何か変だよ？」

後ろから抱きしめられているせいで透の表情が見えないのも不安になる。今まで百花に対して透が本気で怒ったことなどないから、声の調子が違うだけでもドキドキしてしまう。

「ふーん。まあ……いいけど」

返ってきた言葉は何だか投げやりだ。やはり今日の透はいつもと違う。百花がその表情を確認しようと首を捻《ひね》ったときだった。

「痛っ！」

剥き出しになっていた肩に走った痛みに、百花は悲鳴を上げた。すぐに透が歯を立てたのだとわかったが、いつもふざけて甘噛みしてくるのとは違う強い痛みに、急に不安が押し寄せてくる。

「や……噛んじゃ、やだ」

何か透を怒らせるようなことを言っただろうか。直前までの会話を思い出そうとしたけれど、胸の膨らみを乱暴に揉みしだかれて唇から声が漏れてしまう。

「ん、ふ……っ。や……お風呂に、入る……だけって」

「入ってるだろ。ついでに百花の身体を洗ってるだけ」

わざと泡をなすりつけるような仕草をしたが、その手つきは淫らで、透の手の中で胸の尖端が固く凝っていくのがわかる。すっかり百花の身体に馴染んだ手は先端の周りをくるりと撫でると、指先で押し潰すようにして乳首を弄《もてあそ》び始めた。

「や、あ……ん！」

玩具を弄《いじ》くり回す子どものように何度も押し潰され、指先で引き伸ばすように引っぱられた。

「モモ、もうこんなに固くなってる。エッチな身体だね」

耳朶《たぶ》に濡れた唇を押しつけられ、囁《ささや》きと共に耳孔に熱い息が吹き込まれる。ぞわりとした刺激が背筋を駆け抜け、肌が粟立つ。

「んっ、んっ、んぁ……っ」

透の愛撫から逃れたくて無意識に自由な足で足掻くと、湯が大きく波打ってバスタブの外に大きく溢《あふ》れ出す。

「ほら、おとなしくして。気持ちよくなりたいだろ」

透は逃げるように身体を起こそうとする百花の身体を押さえ付けると、太股《ふともも》に手をかけ片方をバスタブの縁に乗せてしまった。

湯船の中で足を大きく開かされてドキリとする。

「や！　これイヤ……！」

もちろんその声は聞き入れられず、大きく開いた足の間に乳首を弄《もてあそ》んでいた手が滑り込んだ。まだ閉じたままのはずの重なりの上を指が滑る。湯とは違うぬるりとした感触が恥ずかしくてたまらない。

「嫌だって言いながら、もうこっちもヌルヌルだ。もう気持ちよくなってきちゃった？」

からかうような囁《ささや》きにカッと頭に血が上ったけれど、すでに湯で身体は熱くなっていて、百花の思考はぼんやりとし始めていた。

「ほら、見て。こんなに簡単に指が入る」

まだほぐされていない隘路《あいろ》にいきなり指を二本押し込まれたがされるがままだ。

強引に開かれた割に指の動きはスムーズで、百花のいやらしい体液で潤っている。湯の中でなければクチュクチュと音をさせてしまいそうなほど蜜が溢れていた。

「ひぁ……っ、あっ、あぁ……っ」

バスルームに百花の高い喘ぎ声と湯が跳ねる音だけが響きわたる。

いつもなら腰を浮かせて逃げようとするのに、湯の浮力で身体がゆらゆらと揺れて言うことを聞かない。透はそんな百花の身体を易々《やすやす》と押さえ付けて愛撫をくり返した。

「モモ、見て。これで三本目」

ぼうっとした頭で言われるがままに視線を下げると、自分の足の間に透の太い指が沈んで行く様を目にしてしまう。真っ赤になった蜜口に異物が入っている様子を目の当たりにしてカアッと頭に血が上っていく。

二本の時よりも強い圧迫感が怖くて腰を引かせるが、お尻を透の昂《たかぶ》りに押しつける格好になった。

「ひぁあああっ！」

ズブリと深くまで沈んだ指で、濡れ襞《ひだ》を強引に引き伸ばされる刺激に甘い声を上げる。

「やぁ……ダメ……っ、抜い、て……っ……」

必死で腰を浮かせるけれど、透は愛撫の手を緩めない。もう一方の手で胸の膨らみを揉み上げ、すっかり熟れきった頂を指で押し潰した。

「や、やぁ……っ」

「どうして？　痛くないだろ？」

そう言いながら三本の指は大きく抜き差しをくり返す。内壁《ないへき》が指で擦《こす》られ、腰が浮き上がってしまうような愉悦が込み上げて、何も考えられなくなっていく。

これ以上弄《いじ》られたら達してしまいそうなほど快感が高まっていて、百花は半べそをかきながら訴えた。

「いや……これ、ダメ、なの……ッ……」

「イキそう？　いいよ。モモがイクところちゃんと見ててあげる」

そう言った透の声は艶《つや》めいていて、少し呼吸が荒い。まるで百花が乱れる姿を視姦して興奮しているみたいだ。

「や……見な、い……で……っ……」

今にもお腹の奥で滾《たぎ》った快感の奔流が溢れ出しそうで怖い。まだ経験の少ない百花はこうして乱れてしまう自分が恥ずかしくてたまらなかった。

「ダーメ。こんなに可愛いモモがイクところを見逃すわけがないだろ」

透は楽しげに呟《つぶや》くと、背後から百花の頬に顔を寄せるようにして覗き込んでくる。

「顔は真っ赤で目が潤んでて、めちゃくちゃエッチな顔。もっとしてほしいって顔してる」

「……っ！　そんな顔……して、ない……」

ふるふると首を振ったけれど、もちろん透はそんな仕草など意に介さず、さらに愛撫の手を激しくした。

太い男性の指で内壁《ないへき》を掻き回され、強く擦《こす》りあげられ、次々と追いかけてくる愉悦に透の腕の中で身悶《みもだ》える。

「あ……ン！　んんっ……や、いやぁ……ン！」

浴室の熱さと愛撫によって昂《たか》ぶった身体のせいで、息苦しくてたまらない。

胸を揉みしだいていたもう一方の手も下肢《かし》に伸ばされ、淫唇の奥に隠れた小さな突起をクリクリと転がし始めた。とたんに膣洞が震えて、透の指をキュウキュウとしめつけてしまう。

「モモ、わかる？　俺の指をすごく締めつけてる」

わざわざそんなことを言われて頷《うなず》けるはずがない。激しい愛撫に慣れていない身体は、淫《みだ》らな手つきで花芯を嬲られ蜜孔を何度も押し開かれて、トロトロに蕩《とろ》けきっていた。

「も、もぅ……あ、あ、あぁ……！」

ビクビクと背筋を震わせ仰《の》け反《ぞ》る百花の身体を透が背後からしっかりと抱きしめる。頭の中が真っ白になって、透に見られているという羞恥心もどこかへ消え去ってしまい、百花は甘い嬌声《きょうせい》を上げながら透の腕の中で達してしまった。

ビクビクと身体を痙攣《けいれん》させる百花の額《ひたい》に唇が押し付けられる。

「はぁ……可愛い。俺の指で蕩《とろ》けてる顔とか最高なんだけど。ずっと……俺のものならいいのに」

達した余韻で身体を震わせる百花の頭には、透の呟《つぶや》きのほとんどが理解できていなかった。

「モモ、立てる？」

透はざぶりと音をさせて、百花の腰を抱いたまま立ち上がった。

「前に手をついて……そう」

まだ頭の芯が痺《しび》れて何も考えられない。

グニャグニャとしたスポンジの上に立っているかのように足に力が入らなかったが、百花は言われたとおり、目の前の壁に手をつく。すると壁に押しつけるようにして背後から透が覆い被さってくる。

ひやりとした壁に胸を押しつけてしまったが、すっかり逆上《のぼ》せてしまった身体にはその冷たさが心地良かった。

「はぁ……」

思わず甘ったるい溜息を漏らすと、透が白い肩に唇を押しつける。

「モモ、あと少しだけ頑張ってね」

言葉と共にお尻に固くなった雄を押しつけられて、その感触にハッと我に返る。やっと何をされるのか理解したとたん、蕩《とろ》けた蜜孔に雄の先端が押しつけられていた。

「……あっ」

百花が抵抗する間もなく、指でたっぷりと広げられた膣洞に背後から雄芯を突き立てられた。

「ひぁあン！」

蜜が溢《あふ》れる隘路《あいろ》は何の抵抗もなく熱い塊を飲み込み、あっという間に一番深いところまで埋め尽くされてしまう。

後ろから挿《い》れられるのは初めて、いつもとは違う場所を擦《こす》られる感覚に足がガクガクと震える。

「あ、あ、あぁ……」

透は壁に押しつけた百花の手の上に自分の手を重ねると、さらに腰を押しつけてきた。

濡れ襞《ひだ》を広げるように腰を押し回され、その強い刺激に百花は頭を仰《の》け反《ぞ》らせる。

「あ……や、広げちゃ……」

「もっと？」

艶を帯びた声が耳元で囁《ささや》かれ、さらにグリグリと腰を押しつけられてしまい慣れない快感に涙が滲《にじ》んでくる。

「や、ちが……ん、んんっ……！」

「じゃあ、こう？」

華奢な腰に手がかかり、肉竿がずるりと引き抜かれ、勢いよく押し戻される。くり返される激しい抽送に、百花はただ淫《みだ》らな喘ぎ声を上げることしかできなかった。

「ここも好きだろ」

肉粒を指で捏《こ》ね回され、膣洞がキュウッと収斂《れん》する。より一層肉竿をしめつけてしまうのが自分でもわかる。

「や、や、一緒は……あぁ……っ」

透の雄芯を受け入れるだけでも精一杯なのに、同時に感じやすい花芯を弄《もてあそ》ばれてはたまらない。痛いぐらいの愉悦を感じて、だらしなく口を開けて淫《みだ》らな喘ぎ声を漏らすことしかできなかった。

「ひっ……んっ、んぅ……！」

逃げられないように身体をバスルームの壁に押しつけられて、グチュグチュと音を立てて何度も最奥を突き回され、激しい快感が身体を走り抜ける。

先ほどまではチャプチャプと揺れる湯と百花の喘ぎ声だけが響いていたのに、今は二人の間から卑猥《ひわい》な水音が響き渡っていた。

「あ、あっ……そんなに……う、ごいちゃ……や……ぁ……」

繰り返し与えられる快感に今にも膝から崩れ落ちそうになるのに、強い突き上げに身体が何度も跳ね上げられてしまう。何度も揺さぶられて、もう百花の身体は限界だった。

「やっ……ぁあっ、ダメっ……も……あぁっ」

百花は一際高い声を上げて、背筋を大きく戦慄《わなな》かせ身を捩《よじ》る。膣洞が痙攣して脈打つ雄芯を強く締めつけるのを止めることができない。

肉竿に貫かれていなければ、強い絶頂にその場にズルズルと頽《くずお》れていただろう。

透は百花に覆い被さったままさらに何度か腰を振りたくり、苦しげな声を漏らしながら華奢な身体をギュッと抱きしめた。

「はぁ……っ」

満足げな吐息と共に百花の身体から熱塊がずるりと引き出され、そのままバスタブの縁に座らされた。自分で身体を支えきれない百花が壁に身体をもたせかけると、透がシャワーのコックを捻《ひね》る。熱い湯が百花の蜜で溢《あふ》れた下肢《かし》や汗を洗い流したけれど、もう恥ずかしいという気持ちはどこかへ行ってしまっていた。むしろ自分でシャワーを浴びる気力もなかったので、透の手に委《ゆだ》ねてしまった方が楽だという気持ちになっていた。

やがて洗い立てのバスローブに包まれ、透がどこからか運んできたスツールに座らされる。ぼんやりしている百花の髪を丁寧に乾かしてくれ、百花は時折、眠気に誘われながらされるがままになっていた。

「モモ、ベッド行こっか？」

こっくりと頷《うなず》くと、お姫様のように抱きあげられる。今日のように激しく抱かれるのは少し辛いけれど、こんなふうに甘やかされるは嫌いじゃない。

透に抱かれてゆらゆらと揺れる腕の中で、眠気に抗えず目を閉じかけた時だった。

「モモ。今夜はまだ寝ちゃダメだよ。俺はまだ満足してないから」

「……えッ!?」

安心して半ば瞼《まぶた》を閉じていた百花は目を見開き自分の耳を疑った。寝ぼけていて、聞き間違えたのかと思ったのだ。

「モモ、もう少し付き合ってね」

そう言って笑った透の顔に疲れは見えないが、百花には悪魔の微笑みに見える。

「む、無理……」

ただでさえバスルームでするのも、後ろからされるのも初めてで疲れきっているのに、もう一度抱かれるなんて想像できない。というか、それに耐えきれる体力などこれっぽっちも残っていない。

必死で首を横に振って拒否の意を伝えたけれど、あっという間に寝室に運ばれ、ベッドに沈められてしまった。

6

透の腕枕ですうすうと小さな寝息を立てて眠る百花は、まるで子どものようだ。うっすらと開いた唇の隙間から、わずかに白い歯が見えるのも可愛い。

今夜は少し乱暴に抱いてしまった自覚はある。馬淵に嫉妬をしたもの本当だが、百花が本当の気持ちを話してくれないことにも苛立っていたのかもしれない。

こんなことなら百花が関西行きの話を辞退すると言い出した時点でもっと話し合った方がよかったのだろう。

透は百花の寝顔をもう一度見つめて小さく溜息を漏らすと、彼女を起こさないように気をつけながら仰向けになり天井を見上げた。

ほんの数日前に広報部長と交《か》わした会話を思い出す。部長など一定の役職だけが集まった昼食会で、最初は数人で当たり障りのない会話をしていた。

何かの拍子に二人きりになったとき、広報部長が思い出したように言った。

「そういえば専務はうちの榊原と幼馴染《おさななじ》みなんでしたね」

「ええ。両親同士が知り合いで、彼女のお兄さんと僕が同い年なんですよ」

「なるほど。彼女は頑張り屋ですね。この業界についてよく勉強しているし、先日の関西の新規スタッフ募集に出した企画も評判でした。せっかくスタッフに選出されたのに、いざ出向となったら何か悩んでいるみたいなんですが、何か聞かれていますか？」

「え？」

少し前に辞退するつもりだと本人から聞いたばかりだった透は、わずかに眉を顰《しか》めた。

あの時は百花が行かないというのなら彼女の意志に任せてうるさいことを言うつもりはなかったが、広報部長によると未だに話が保留になっているという。

つまり百花は関西に行きたい気持ちもあって迷っているのだろう。

「本人の話では家族に相談したいということだったんですが、せっかくのチャンスですから専務の方からも声をかけてやってもらえませんか。いや、今回の企画は本当によく考えられているんですよ。せっかくなら現地で参加した方が本人のためにもなると思うんです」

かなり百花の能力が高く買われている様子が、まるで自分のことのように嬉しい。

広報部長の話を聞き早速百花の応募企画に目を通したが、彼が百花を手放しで褒めるのも納得できる内容だった。

関西という立地や関東とは微妙に違う近県の結納のしきたりなどにも触れ、よく考えられている。

百花が仕事に対する姿勢が真摯であることは知っていたが、彼女がこの企画を手放しても関西行きを辞退すると口にしたことが残念でならなかった。

もし行きたいと言うのなら、透は反対するつもりはなかった。が、彼女は自分に遠慮をして悩んでいるのだ。

透は結婚したから仕事を控えてほしいとか、家庭に入ってほしいとは考えていなかった。それでなくても百花はまだ若いし、仕事以外にもやりたいことや、興味を持つことがこれからもたくさん出てくるだろう。

百花にもそう伝えていたつもりだが、きちんと伝わっていなかったのかもしれない。自分との結婚で百花が何かを諦めたり、我慢をしてほしくなかった。

目覚めたらもう一度百花ときちんと話をして、関西行きを勧めよう。少し寂しいけれど、六年も待ったのだ。すでに気持ちが通じ合っている百花と半年離れるぐらいたいしたことではない。

自分の気持ちはそれほど脆《もろ》くも軽いものでもない。そう、百花のための痛みなら、いくらでも耐えられるほどに彼女を愛しているからだ。

＊＊＊

「百花、大事な話があるんだけど」

いつも愛称の『モモ』と呼ぶ透に『百花』と改まって呼ばれたことにドキリとして、百花は身体を硬くした。

透にいつも以上に激しく抱かれた翌朝。昨夜の余韻というより、疲れが残る身体で遅い朝食を取るために、マンションのすぐそばのカフェに来ていた。

まだ身体がだるくてあまり食欲がなかったけれど、いつまでもベッドで過ごすより健全だと思い透の提案に頷《うなず》いた。

昨夜の透はいつもと少し様子が違っていた。これまでも丁寧に抱いてくれたけれど、昨日は彼自身がなにかに追い詰められるような、激しさがあった。

バスルームだけでも十分激しかったのに、言い方は悪いがベッドでも執拗に抱かれて、最後は半ば気絶する勢いで眠りに落ちた気がする。

カフェは透と何度か訪れたことのある店で、店内は比較的空いている。年輩の夫婦とコーヒーを飲みながら本を読む男性、それから百花たちぐらいで、天気がいいからかテラス席の方が人気のようだ。

屋外のテラス席はペットもＯＫで、散歩の途中に立ち寄ったカップルや子連れ客が何組か座っていた。

あまり食欲のない百花はアサイーボウルとロイヤルミルクティーで朝食を終え、二人で何となく窓の外を見つめた。

テラスでベビーカーに乗った赤ちゃんをあやす女性、犬を膝にのせてフードを与えるカップルなど、それぞれが休日の朝を満喫している。透と会話はないけれど、お互いが側にいることが自然で、まったりとした空気が心地良かった。

ちょうど百花たちが座る席の前を、白いトイプードルを連れた女性が横切った時だった。

黙っていた透がテーブル越しに手を伸ばし、百花の手をキュッと握る。百花も微笑んでその手を握り返そうとしたとき、透が真剣な顔でさっきの言葉を口にしたのだ。

「透くん……？」

こんな怖い顔の透を見るのは初めてだ。胸の奥がざわついて、胸にさーっと灰色の雲が押し寄せてきた。何か彼が怒るようなことをしただろうか。

まさかまだ昨夜の馬淵とのことを疑っていて怒っているとか、そんな話だろうか。

「百花の関西出向の話なんだけど」

「え？　ああ！」

心配していたこととは違う言葉に、百花はホッと胸を撫で下ろした。

「それならこの前も言ったけど、行くつもりないから心配しないで」

百花は透を安心させるつもりで微笑んだ。しかし透の表情はなぜか硬いままだ。

「透くん、何か怒ってる……？」

「広報部長から百花が関西出向の話を保留のままにしているって聞いたんだけど」

「そ、それは……違うの！　来週部長と話すことになってて、そこでちゃんとお断りしようと」

そこまで言いかけた百花の言葉を、透が遮る。

「だったら引き受けた方がいい。関西支社へ行くんだ」

透の感情のこもらない声音に、心臓がギュッと締めつけられて不安が押し寄せてくる。透は突然何を言い出すのだろう。

「な、何それ……本気で言ってないよね？　向こうに行ったら半年は戻ってこれらないんだよ？結婚の準備だって止まっちゃうし……透くんは私がいなくてもいいの？」

一番聞きたかったのはそれだ。透は自分に会えなくなってもかまわないと思っているのだろうか。百花はそれが辛いから関西に行きたくないと思ってしまったのに。

「モモが俺のためにやりたい仕事を我慢するのは違うだろ。広報部長はせっかくのチャンスだから、辞退するのはもったいないって言ってた。俺もモモの企画を見たよ。時間をかけて一生懸命考えたんだろ？　自分で実現したいと思わないのか」

「……」

透の言うことは正論だけれど、そこに百花の気持ちはない。

仕事も大切だけれど、透の側にいたい。どうしてその気持ちがわかってもらえないのだろう。

気持ちが伝わらないもどかしさに、目の奥がジンと痺《しび》れて、涙が滲《にじ》んでくるのがわかる。ここがカフェで人目がなければ、声を上げて泣き出したいぐらいだ。

「だって……私たち、結婚するんでしょ？」

震える声で口にした百花の前で、透が深く溜息を吐いた。それは諦めにも似ていて、まるで何かを断ち切るようにも聞こえた。

「とおる、くん……？」

「百花。俺たち、婚約を解消しよう」

「………え？」

予想していなかった言葉に頭の中が真っ白になる。

「あ、朝から何の冗談？　そういうの面白くない」

百花は震える声でそう口にすると、怒ったふりをしてぷうっと頬を膨らませ、唇をへの字にした。

そうすれば透が笑って「冗談だよ」と言ってくれると思ったのだ。

でも透の反応は百花の望んでいるものとは違っていた。

「冗談なんて言ってない。これまで俺の都合でモモを巻き込んでしまって、申しわけなかったと思ってる。モモと結婚したいと思っている気持ちは今も変わらないけど、モモのやりたいことを我慢させてまで俺の意志を通すのは違うと思うんだ。モモ、本当は関西出店に参加したいんだろ」

「えっ……それは」

「前に辞退するって言ったけど、まだ返事が保留になっているのは、迷っているからじゃないのか」

「……」

迷っていないといえば嘘になる。それでもやはり東京《ここ》で透の側にいることを選んだ。来週にでもそのことを部長に伝えようと思っていたのだ。

「泣かないで。モモを嫌いになったわけじゃないよ。ただ俺と婚約をしていることでモモがやりたいことを我慢するのは違うだろ」

透はそう言って握っていた手に力を込めたけれど、そんな言葉は今の百花には何の慰めにもならなかった。

「違う。そういうことを言ってるんじゃないの！　透くんが、私がいなくなってもいいって思ってることが悲しいの！」

「俺がそんなこと思うわけないだろ。ただモモを自由にしたいだけだ」

「今だって自由にしてるよ。透くんが私を嫌になって、別れる理由にしたいだけでしょ」

「違うって！　モモに俺との約束に捉われず好きなことをしてほしいからだって言ってるだろ。関西の仕事を終えて、それでも俺と結婚したいと思ってくれていたらもう一度やり直そう。俺は待つから」

「……」

透の言いたいこともわかるけれど、わざわざ婚約解消をしなくてもいいはずだ。百花には体《てい》のいい別れの理由にしか聞こえなかった。

そんな一方的な理由は納得できない。どうしても関西に行けというのなら婚約を解消しなくてもできるはずだ。それなのに透は一度すべてを清算したいと考えているのだ。

「もういい！」

百花は衝動的にそう口にすると、透の手を振りほどき立ち上がった。

「透くんの気持ちはわかったから！　お望み通り関西に行くし、婚約も解消してあげる！　もう透くんとは会わないから！」

「モモ！」

立ち上がった百花を見上げる透の顔はなぜか傷ついているように見えた。悲しいのはこちらの方なのに、まるでこちらが傷つけたみたいな気分になる。

「さよなら……っ！」

これ以上透の顔を見ているのが辛くて、百花は早口でそう言うとバッグを持って店を飛び出した。

＊＊＊

透から婚約解消を言い渡された時は、ショックで自分に何が起きたのか理解できなかった。

あまりにも衝撃的すぎて胸は痛いし苦しいし、何をしていても気づくと透に別れを告げられたことを思い出してしまい、気を抜くと人前でも涙が溢《あふ》れてきそうになる。

生まれて初めての失恋を味わって、人を好きになることはこんなにも辛いものなのだと知った。

そして自分がどれだけ透のことを好きだったのか、別れてから改めて思い知らされた。

自分が意外にも負けず嫌いだと思ったのは、透と別れて泣き明かした後、週明け一番に部長に関西支社行きの意志を伝えたことだった。

透の思い通りになるのは悔しいが、今の自分に残されているのは仕事を頑張ることだけだとも思う。何かに熱中している方が気が紛れるし、透にお膳立てしてもらわなくてもしっかり仕事ができるのだと見せつけたい気持ちもあったのかもしれない。

百花にはどうしても透に婚約解消を言い出されたことが、納得できなかったのだ。

関西行きが決まってからは、極秘プロジェクトとの進行と共に仕事の引き継ぎなど、出発まで百花の周りは騒がしくなった。

もちろん社内では透と顔を合わせないようにしたし、どうしても仕事で用事があるときはプライベートの携帯には連絡せず、社内メールを使いあくまでも事務的に対応した。

幸いＭＩＮＡのプロジェクトのディレクションは百花と翠に移されていたから、透を通して連絡を取る必要もなく、会わないでいようと思えばいくらでも可能だった。

百花の出発は年明けで、両親が年始の集まりで神宮寺家へ行くと言ったときも、引っ越しの準備があるからと断った。

毎年の恒例行事だから家族はしきりと百花を誘ったが、今透と顔を合わせたらお互いの結婚が話題になってしまう。

実は透との婚約は解消したが、透の父や百花の両親にはまだ説明をしておらず、彼と顔を合わせるのだけは避けなければならなかった。

百花としては、どうせ別れたのだからどうでもいいと内心やさぐれた気持ちもあったが、百花の関西行きと婚約解消が同時に発表されれば家族は仕事のことで揉めたのだろうと勘ぐるし、それでは百花が仕事しづらくなるから折を見て透から説明すると言われたのだ。

その話を持ちかけられたのは別れたばかりのときで、どうせ終わった二人なのだからどうでもいいと透に任せてしまい返事も返さなかった。だから家族の間では二人の婚約は継続されていて、そんなところに挨拶に行くのは気まずくてたまらない。

何とかうまく言い訳をしてホッとしていたが、年始の挨拶から帰ってきた両親から返ってきたのは意外な言葉だった。

「透くん、風邪引いてるのね」

「……え？」

「ひどい風邪で、みんなにうつしたくないからって帰ってきてなかったわよ。百花、聞いてないの？」

「えっと……あ、あの、関西行く前に体調を崩したらダメだからって……」

「そうなのね。でも婚約者なら看病しに行くぐらいしなさいよ。いくら一人暮らしに慣れてても、病気の時って心細いものなのよ」

「うん。あとで……連絡してみる」

百花は適当に言いつくろってその場を誤魔化し、結局透に連絡することはないまま、関西へと旅だったのだった。

＊＊＊

関西での仕事は百花のプライベートとは逆に順調で、新しい土地での不安はすぐに忙しさに押されてどこかへ消えてしまった。

東京から関西支社の立ち上げに送り込まれたのは百花の他にも数人いて、支社長を除けばほとんどが二十代の若手で、その中でも百花が一番若かった。

なんとその中には営業の馬淵もいて、彼とはすっかり友達として仲良くなった。

お互い東京から来た仲間意識に、実は神戸出身だという馬淵は大阪の街に詳しく、街に慣れない百花をよく連れ出してくれた。

大阪の繁華街、ミナミとキタの違いや串カツの食べ方、東京とはまた違った複雑な地下鉄の乗り換え、どこで買い物をすればいいかなど、生活の細かなことを教えてくれたのも助かった。

東京で食事に誘われたときは身構えてしまったが、話してみると気取りがなく親切で、あの時彼が言っていたとおり、気が合うので飲み友達として付き合っている。

「そういえば専務とはどうなってるの？」

ちょうどレモンサワーに口をつけたばかりだった百花は、馬渕の質問に思わずむせ返った。

会社帰りに一杯やろうと馬渕に誘われ、二人で居酒屋のカウンターに座ったはいいものの、まだ酔ってもないのに馬渕はとんでもないことを聞いていた。

「ごほ……っ！　な、何言ってるんですか？」

彼氏がいるとは言ったけれど、透と付き合っているとははっきりと口にしたことはない。一瞬とぼけることも考えたけれど、こんな動揺した様子を見せてしまっては肯定しているようなものだ。

「だって、百花ちゃんの彼氏って専務でしょ？　そのわりに連絡取ってるとか、東京に頻繁に会いに帰るとかないからさ。どうなってるのかと思って」

「……」

思わず黙り込んだ百花を見て、馬渕はニヤニヤしながら見下ろした。

「何？　のろけ話でも聞くよ？　もしかして俺が知らない間にこっそり専務が会いに来てるとか？」

馬渕の追及にこれ以上は黙っていられなくなり、百花は渋々口を開く。

「じ、実は関西支社の話が来たときに、別れることになりまして……」

いつまでも透と付き合っていると誤解されても面倒だ。馬渕と付き合おうとは考えていないが、友達だからこそ誤魔化すのにも限界があると思った。

「えっ？　白花ちゃんが仕事を選んだから別れたの？」

当然返ってくる驚きの反応に、百花は首を横に振る。

「いえ、私が仕事を選ばなかったから別れたというか」

「何それ。詳しく!!」

「え～……」

今夜の酒の肴《さかな》はこれだとばかりに言われて思わず顔を顰《しか》めたが、どうせ知られているのなら話してしまってもいいかという気持ちになった。

飲み友達のよしみというか、すっかり馬淵のことを信用するようになっていた百花は、透との婚約のことやこれまでの経緯をすべて話してしまった。

これまで女友達にも詳しい事情を話したことがなく、今回の悩みも悲しみも相談する相手がいないままだったから、馬淵にすべてを話したことで自分でも驚くぐらい心が軽くなった。

「というわけで、婚約破棄を言い渡されたんです。まあ、もしかしたら仕事のことは婚約破棄をする理由づけに持ち出されただけなのかもしれないと思ってるんですけどね」

そうでなければただ関西に行くだけのことなのに、わざわざ婚約を解消するなんておかしい。半年と少しで東京に戻るとわかっているのだから、遠距離で付き合い続けるという選択もあったはずだ。

「じゃあ今は専務と連絡取ってないの？」

百花は頷《うなず》いてレモンサワーのグラスを呷《あお》った。

「プライベートではまったくですね。ＭＩＮＡさんのプロジェクトの件があるのでたまにメールはしますけど、それはビジネスメールの方に送りますから」

今までのように砕けた言葉遣いをせずに、仕事として連絡している。幼馴染《おさななじ》みだからとか、元婚約者だからという関係に甘えるつもりはなかった。

「それは……専務も辛いね」

百花の話を聞いた馬淵が、なぜか透に同情的な口調で言った。

「どうしてですか？　一方的に婚約破棄された私の方が可哀想じゃないですか」

婚約者のふりから始まって、突然透にプロポーズをされてからは、あの手この手で迫られて気づくと透のことを好きになっていた。もともと透のことは好きだったが、恋人として意識するようになったのは透のせいだ。

それなのに今さら一方的に手を離すなんてひどい。ずいぶん落ち着いてきたはずの胸の痛みが疼いてきて、透に婚約を解消されたときの気持ちを思いだしてしまう。

「もしかしたら……もう透くんには新しい彼女ができてるかもしれないし」

「どうしてそう思うのさ」

「関西に行けって言ったのは……もしかしたら、もう他に好きな人ができていたからなのかもしれないなって……」

自分で口にした言葉なのに、胸にグサリと突き刺さる。透と別れてから何度も考えたことで、落ち込んでいたときはもうそれしかないと決めつけていたときもあった。

「ふーん。専務って百花ちゃんがいなくなったらすぐに新しい彼女を作るタイプなんだ。もしかして昔からそうなの？」

「そんなことないですけど。私と婚約してからは特定の彼女とかは作ってなかったと思うし。私のことが好きだから婚約したって言ってたし」

「それなのに信じられなかった？」

馬淵の言葉に百花は首を傾げる。婚約を解消されたのに、一体何を信じるというのだろう。

「信じるって何をですか？」

「俺が専務の立場だったら、百花ちゃんに怒るかも」

「意味わかんないです。あれですか？　男だから男の気持ちがわかるとか、味方をしちゃうみたいなやつ？」

百花は思わず強い口調で言い返して、ぷうっと頬を膨らませた。

この場合結婚を申し込まれて承諾したのに、一方的に解消を言い渡された百花の方が被害者だ。それなのに透の味方をするなんて男同士だからとしか思えない。

「百花ちゃんはまだ子どもだな」

怒った百花を見て馬淵はそう言って笑ったけれど、百花にはやはり理解ができなかった。

「そういえば、まだ会社のみんなには内緒だけど、友達だから百花ちゃんだけには言っておくね」

馬淵が思い出したように言った。

「何ですか？」

「俺、このまま関西支社に残りたいって希望を出したんだ」

「え？」

「実家も近いし、久しぶりにこっちに戻ってきて、やっぱり関西の水が合ってるなって。仕事内容は東京と変わらないし、それなら慣れてる地元で働こうと思ってさ。まあ東京にも友達がたくさんいるから少し寂しけど」

「そういえばご実家神戸ですもんね。でも現地採用の皆さんとも、全然関西弁で話さないじゃないですか」

現地スタッフは当然関西弁ネイティブで、接客では標準語を使うがやはり微妙なイントネーションが違うし、飲み会ともなれば関西弁が飛び交《か》い、生まれも育ちも東京という百花はアウェイ状態になる。

テレビで日々関西弁を耳にしているつもりでいたが、生で耳にすると圧倒されてしまうし、聞き慣れてくると自分の口からも関西弁が出てきてしまうから面白い。

「東京の大学に入学したころはひどかったよ。でも営業職ならお客さんに好き嫌いを持たれないように標準語が必須だからね。百花ちゃんは？　やっぱり東京に戻る予定？」

「……まだ何も考えてないですけど」

普通に考えれば関西に親戚がいるわけでもないし、家族のいる東京に戻るのが一般的な考えだろう。しかし、東京に戻ったらうやむやになっていた透との婚約破棄のこともいよいよ家族に話さなくてはならないし、あれこれ面倒くさそうだ。

「私もこっちに希望出そうかなぁ」

何となくそう呟《つぶや》いてしまったが、いざ口にしてみるとそれも悪くない選択に思えてきた。そうすれば物理的に透と離れることができるから、これからも同じ職場で気まずい思いをしなくていい。

「お、いいじゃん。俺、大阪にきて百花ちゃんと仲良くなって、こっちに合ってるんじゃないかと思ってたんだ。もっと長く一緒にいれば、俺たちも友達以上に発展するかもしれないしさ」

最後の言葉は否定したいが、彼の言う通り友達としてなら気が合うし、仕事もしやすい。

「友達以上は無理ですけど、仕事の件は考えてみますね」

「何だ。まだダメかぁ」

馬淵はさしてがっかりした顔もせずに笑った。

「まあ百花ちゃんはまだ専務に未練があるから、次の恋愛のことは考えられないか」

「み、未練なんてありませんよ！　もうすっかりきっぱり吹っ切れてますから！」

そう言い切ったものの、本当はそうではないことも自分でわかっていた。いまだに透の夢をみて明け方に泣きながら目覚めることがあるのだ。

自分がこんなに未練がましいとは思わなかったけれど、それだけ心の中に透を受け入れてしまっていたのだろう。

彼と離れてみてしばらくして、ふりとはいえ婚約者という関係に甘えていたのは自分の方だったのだと気づいた。結婚前提の婚約になる前でも、どこかで透に頼っていて、いざというときは彼が守ってくれると考えていたのだ。

今考えると婚約者役のいいとこ取りで虫のいい話だが、百花のそんなところにも嫌気がさしていたのだろうか。

最近はあまり透のことは考えないよう自分でも気をつけていたけれど、久しぶりに彼のことを口にしてあれこれ考えると、やはりまだ気持ちが沈んでしまう。

「ほら、そんなに暗くならない！」

馬淵も百花の沈んだ調子に気づいたのだろう。気を引き立てるように言った。

「百花ちゃんはとりあえずここでいい仕事をする。そのために来たんだろ？　オープンまであと少しだし、もうひと踏ん張りしよう！」

彼の気遣いに、落ち込んでいた気持ちが少し浮上する。馬淵の言う通り、今は自分ができる仕事をするしかない。

今は苦しいけれど、きっといつか時間が解決してくれるはずだ。

「そうですよね！　頑張りましょう！」

百花はにっこりと微笑んで、馬淵の言葉に頷《うなず》いた。

＊＊＊

そして、六月某日。

百花も含めスタッフの一丸となって頑張ったおかげで、ＢＯＮ初の関西にオープンした結婚式場は評判も上々で、半年先まで式の予約はほぼいっぱいになっている。

百花のアフタヌーンティー企画は関西でも好評で、式場のプレオープン時に特別価格で予約を開始したときは、あっという間に完売してしまいその後も問い合わせが殺到したほどだった。

ローカルな情報番組だがテレビでも取り上げてもらい、なんと百花も担当者としてインタビューを受けた。

取材の申し込みを受けたのは百花で、最初は式場スタッフかレストラン担当者にインタビューを受けてもらうつもりでいたのだが、この式場のために東京から派遣されてきた百花が話した方が箔が付くと説得されたのだ。

まあローカル番組なら家族や友人に見られることもないからと最終的に引き受けたのだが、当日は緊張しすぎて、自分がどんな顔をして話したのかもよく覚えていなかった。

新規オープンの仕事と別にＭＩＮＡのプロジェクトも平行して進められていて、正直目の回るような忙しさの中で、透との結婚の準備など同時に進めることなどできなかっただろうと、今さらながら考えてしまった。

透はこうなることを予想していたのだろうか。ただでさえ結婚式の準備は大仕事だ。式場のお客様を見ていてもわかるが、どうしても女性に負担がかかるし、それが元でマリッジブルーになり結婚式が取りやめになるほど揉めるカップルも、年に一、二組はいるほどだった。

もしあのまま透との結婚の準備を進めていたら、ここまで仕事に集中することができたかと考えることもあるが、実際その立場になってみないとわからないだろう。

関西支店の広報は東京から来た百花以外に現地採用の社員が数名いて、他業種からの転職組が多かった。

その中で入社二年目にして関西支社立ち上げのメンバーに選ばれた百花が一番年下だったが、東京の大きなプロジェクトにも参加しているということもあり、みんな百花に好意的に接してくれたのは助かった。

ＭＩＮＡのプロジェクトはもう大詰めになっていて、彼女の秋の結婚式に向け着々と準備が進められている。

現在はすでに、ＭＩＮＡのデザインをプロのデザイナーたちがパターンに起こし、順番にサンプルが仕上がってきている段階まで来ていた。百花も翠にデータを送ってもらって順次確認しているが、仕上がりもよく東京でのカタログ撮影には参加する予定だ。

ここ半年はとても仕事に集中していたと思う。新大阪行きの新幹線に乗ったときはこの先の不安でいっぱいだった。

現地のスタッフとうまくやっていけるのか、人生初めての一人暮らし、友達が一人もいない場所へ行くことへの不安にプラスして、透と別れたばかりなのも不安要因の一つだった。

実際には毎日が忙しくてホームシックになる余裕もないほどで、気づくとすっかり関西支社に馴染んでいた。馬淵と話したのをきっかけに、一時は真剣に関西支社へ席を置くことも考えたほどだ。

透のいないところでだって自分は幸せになれる。こちらに来たときはそんな負け惜しみのようなことを思っていた。

しかしひどい別れ方をして彼を恨んでいたはずなのに、不思議なことに仕事が忙しくなるにつれて、透はどんな気持ちであの日婚約解消を申し出たのかと考えるようになった。

別れ際の透の傷ついた顔を思い出し、あんなふうに一方的に切り捨てて立ち去ってはいけなかったと考えられるようになるまでに半年かかった。

今は婚約解消は百花を自由にするための、透の不器用な優しさだと勝手に美化して考えられるぐらいには大人になっていた。

「百花ちゃん」

自分のデスクの片付けをしていた百花は、この半年ですっかり耳に馴染んでしまった透以外の男性の声に顔を上げた。

「馬淵さん、お疲れさまです」

外回りが多い営業の馬淵が、午前中のオフィスに顔を出すのは珍しい。何かあったのだろうか。

「どうしたんですか?」

百花の問いに馬淵が微笑んだ。

「百花ちゃん今日までだったでしょ。最後に二人で飲みに行こうよ。皆に先を超される前に予約を入れておこうと思って」

馬淵の誘いの言葉を申し訳なく思いながら、百花は首を横に振った。

「ごめんなさい。言ってなかったですか? お昼の新幹線で東京に戻って辞令を受け取らないといけないんです」

百花は悩みに悩んだ末、東京に戻ることに決めた。そして、もう一度自分から透にぶつかってみようと考えていた。

支社内での送別会はすでに済んでいて、馬淵にはそれとは別に東京から来たメンバーでお別れ会も開いてもらっている。

短い期間だったが皆で協力し作り上げてきた関西支社を去るのは寂しかったが、もう一方でこの場所で約半年頑張れたことは自分の自信になり、達成感でいっぱいだった。

「何だ。もう行っちゃうのか」

馬淵がさもがっかりしたように肩を落とすから可哀想になる。

「私もまた出張で来ることもあるし、馬淵さんもそうでしょ。その時は絶対声かけてくださいね!」

百花の言葉に馬淵はがっかりしたように溜息を吐いた。

「そっか。やっぱり専務の元に帰るか」

「どうなるかはわかりませんけど、今度は私から結婚を申し込んできます。まあ、もう私のことなんて忘れて、新しい彼女ができてるかもしれませんけど、私を自由にしてくれたお礼は言っておこうと思って」

すると馬淵は小さく肩を竦《すく》めて首を横に振った。

「じゃあやっぱり俺には望みがないな」

「まだそんなこと言ってるんですか？　馬淵さんモテるの知ってるんですからね？」

もともと東京でもイケメン営業として人気だった馬淵は関西でも女子社員に人気があった。実際馬淵と仲良くしているると付き合っているのかと誤解されて、彼目当ての社員に探りを入れられたことが何度かある。

「好きじゃない女性に好かれても嬉しくないよ。こんなことなら、大阪に来てまだ弱ってた百花ちゃんをもっと押しておけばよかった」

「何ですかそれ」

思わず笑ってしまったけれど、馬淵はそこまで強引なことができるタイプではない。何だかんだ相手の出方を窺《うかが》って、優しくしすぎてしまうタイプなのだとこの半年でよくわかった。

「仕方ない。どうなったか、結果ぐらいは連絡してよ？　もし専務にフラれたらいつでも俺の胸で慰めてあげるからさ」

馬淵はそう言うと、あっさり別れを告げて出かけて行った。

百花はもう一度社内にいるスタッフに挨拶をしてからオフィスを出て、そのまま新幹線で東京に戻った。

東京駅からそのまま本社に顔を出すと、広報室のメンバーが笑顔で出迎えてくれた。

「百花ちゃん！　久しぶり!!　会いたかった！」

翠はそう言って抱きついてきたが、実は少し前にＭＩＮＡのプロジェクトの打ち合わせで、わざわざ大阪まで来てくれて顔を合わせていた。

「今日は金曜なんだし出社は来週でもよかったんでしょ？」

「そうなんですけど、来週からまたバリバリ働きたいんで、事務事はさっさと済ませておこうと思って」

「相変わらず真面目ね。でもまた一緒に仕事ができて嬉しい」

「私もです。翠先輩にはいろいろ助けていただいて……本当にありがとうございました。また一緒に働かせていただきますので、よろしくお願いいたします」

広報室の他のメンバーも巻き込んで、このまま飲みに行こうと盛り上がったのだが、百花は実家で家族が待っているからと断りの言葉を口にして、その足で透のマンションを訪ねた。

実は入れ違いになったりしないよう、透の今日の予定が知りたくて秘書に連絡をしたら、今日は有休を取っていて不在だと言われてしまったのだ。

百花が今日辞令を受け取りに戻ることは知っているはずで、わざわざこの日に休むということは避けられているのではないかと不安になる。

秘書の大場ですら百花の戻りを知っていて、

「関西支社でのご活躍伺っております。お帰りなさいませ」

そう声をかけてくれたのだ。

当然透だって把握しているはずで、はっきりと避けられたような気がして、百花の心はくじけてしまう。しかしこの先のことも考えれば、フラれるにしても透に会うなら早いほうがいいと思った。

透のマンションに来るのは、あの婚約解消を告げられた朝以来だ。まだ一年も経っていないというのに、ずいぶんと前のことのように思える。

百花はオートロックのカメラの前に立ち、ドキドキしながら透の部屋番号を呼び出した。

7

百花がエレベーターを下りて部屋の前に立つと、インターフォンを鳴らすより先に扉が開いて透が姿を見せた。

「久しぶり」

そう言ってすぐに部屋の中に招き入れられた。

久しぶりの透の部屋だが、何も変わっていないことにホッとする。もしかしたらあからさまに新しい彼女の物があるとか、透の趣味ではないインテリアに変わっているのではないかと心配していたのだ。

「今日本社に行ったんだろ？　辞令を受け取りに来るって聞いてたから」

「うん」

やはり百花が今日会社に寄ることを知っていたらしい。

「何か飲む？　百花の家に送れるようにノンアルコールにしようか。おじさんやおばさんにはまだ顔見せてないんだろ？」

別れる前と何も変わらない透の態度に、不思議な気持ちになる。以前はこの気遣いを当然のように受けていたのだ。

「飲み物はいらないの。透くんに話があって来ただけだから。よかったら座って話せない？」

透は少し驚いたように眉を上げ、ソファーに座る百花の隣に腰を下ろした。

「……」

話がしたいと言い出したのは自分なのに、いざとなるとすぐには言葉が出てこない。すると代わりに透が口を開いた。

「もしかしたら……モモはもう会ってくれないんじゃないかって思ってたんだ。だから会いに来てくれて嬉しい」

「うん」

「向こうに行ったきりになる可能性もあったし、東京に戻る辞令が出たって聞いたときはホッとしたよ」

「どうして私が向こうに残ると思ったの？」

やはり透は待っていてくれなかったのだろうか。百花は不安で心臓がキュッと縮み上がるのを感じた。

「モモが向こうでも結果を出している話は聞いてたし、支社長が百花を手元に置きたいって、東京《こっち》の広報部長に打診してきたって聞いたから。関西でいい男に出会って、ずっと向こうにいるって言い出すこともありえるだろ。それにモモ、一度も連絡くれなかったし」

「連絡をくれなかったのは透くんも一緒でしょ」

「あんなふうにもういい、なんて言われたら、俺から連絡なんてできないよ」

あの婚約解消を言い出されたカフェでのことを言っているのだろうか。あの時はろくに透の話しも聞かずに申し訳なかったとは思うけれど、百花だってそうすることしかできなかったのだ。

「実は大阪から百花が泣き言を言って頼ってくれるのを、少しだけ期待してたんだけどね」

「それは……透くんにだけは甘えちゃいけないと思ったから」

頼ってほしかったということは、少しは期待してもいいのだろうか。そう考えたら急に胸がドキドキしてきてしまう。

ここに来るまでは自分でも驚くぐらいやる気満々で、当たって砕けろという気持ちできたのに、一気に緊張感が高まってくる。

百花は不安を胸の中に押し込めながら口を開いた。

「あのね、最初は透くんに婚約を解消するって言われたときはすごくショックで、もう会社も辞めようかと思ったんだ。でも悔しいから、どうせなら仕事を頑張って別れた男を見返してやろうかなって思って」

そう新大阪行きの新幹線の中ではそんな気持ちだった。意地でも仕事で結果を出して透を見返してやろうと思っていたのだ。

しかしあの時の自分は、あまりにも自己中心的で自分のことしか考えていなかったと思う。透がどんな気持ちで婚約解消を申し出たか、考えてみようともしなかった。

「でも大阪で毎日仕事をしているうちに、透くんはきっと私が仕事を中途半端にしないように突き放してくれたんじゃないかって考えるようになったの。新しい職場で覚えることも多いし、自分たちで一から作り上げなくちゃいけないからすごく忙しくて、最初は部屋に帰ったらお風呂に入るのも忘れて寝ちゃったことも何度もあった。あのまま遠距離で結婚の準備をしようとしていたら、きっと仕事も結婚式もどちらも中途半端になるかダメになっていたと思う」

こう考えられるようになるまでにはずいぶんと時間がかかった。人には一を聞いて十を知るような人もいるが、百花は実際自分がその立場になって体験してみないと理解できないタイプらしい。

「だから向こうでめちゃくちゃ頑張ったんだ。ちゃんと結果を出せたら透くんに会いに行こうって決めてたから」

「モモ……」

透はわずかに目を見開き、まるで見知らぬ人を見るような眼差しで百花を見つめた。

わずかに唇を緩めて透に笑いかけると、百花は深く息を吸い込んだ。

「今日はね、私からお願いがあってきたの」

百花は首にかけていたネックレスのチェーンについていた指輪を外して左手の薬指にはめる。それからバッグの中に入っていたジュエリーケースを取り出して、透の前に置いた。

「神宮寺透さん、私と結婚してください」

逆プロポーズ。百花が関西で悩み悩んで決断したことだ。

これまでは親が勧めてきたからとか、透に頼まれたからと、自分のことなのに何だかんだと理由をつけて周りのせいにしていたと思う。

だから、今度は自分の意志で透と結婚がしたい。そう思って自分から結婚を申し込むことにしたのだ。

百花はドキドキしながら透の様子を窺《うかが》う。彼は百花の発言に呆気に取られているのか、相変わらず目を見開いたまま何も言わない。

透の視線の先にはジュエリーケースがあって、百花はハッと息を飲んだ。

「あ、ごめん！　これ」

ジュエリーケースの蓋《ふた》が閉まったままなのに気づき、慌てて蓋《ふた》を開ける。ケースの中には二人分の結婚指輪が入っていて、まだ持ち主のいないそれは傷一つなく、つやつやと輝きながら手に取られるのを待っていた。

「透くんの指のサイズがわからなかったから、一般的な男性のサイズで作ってもらったんだけど……あの、違ったらすぐ直してもらうから」

返事をもらう方が先だというのに、何か話してないとドキドキと鳴り響く心臓の音が聞こえてしまいそうで、つい饒舌になってしまう。

自分からプロポーズするのはこんなに緊張して勇気のいることなのだ。これから仕事でカップルに会ったら、きっとその男性に尊敬の眼差しを向けてしまうだろう。

「透くん、あの……」

口を開いた百花の言葉を遮るように透が頭を下げた。

「ごめん」

その一言で頭の中が真っ白になった。断られることも想定してはいたけれど、こうして部屋に招き入れられて近況を話しているうちに安心し始めていたのだ。

「……」

「俺と会えない間、モモがそんなふうに思ってくれていたなんて考えたこともなかったよ」

つまり透は透で、前に進んでいると言うことだろう。百花は自分が遅すぎたことに気づいた。仕事にきちんと決着をつけるまでと考えていたけれど、そうではなかったらしい。

「まさかモモが指輪まで用意してくれてるなんて思わなくて……すごくびっくりした」

確かにその通りで、別れた女に結婚指輪を渡されるなんて、よく考えて見たらホラーかストーカー案件だ。

これは幼馴染《おさななじ》み同士だから許されているが、自分が逆の立場でもかなり怖いと思うだろう。

ジェットコースターの頂上から落ちていくような勢いで、気持ちが一気に急降下していくのを感じた。

「……」

百花が仕方なくジュエリーケースに手を伸ばそうとしたときだった。透が一息早くそれを取り上げ、百花に向かって差しだした。

「俺を……モモのお婿さんにしてくれる？」

「……え？」

ぼんやりとしていた百花は、一瞬何を言われたか理解できず透の顔を見つめ返す。

「その指輪、俺につけてよ」

「……」

百花はとっさに返事ができず、手だけが機械的に動いてケースの中から男性用の大きい方のリングを手に取った。

「はい」

透に手を差し出されて、訳がわからないまま震える手で左手の薬指にリングを通すと、それは驚くぐらいピッタリと透の指に収まった。

「じゃあ次はモモの番」

透は残ったリングを手に取り、先にはめてあった婚約指輪に重ねるようにつけてくれる。

「……」

「何だよ、その顔。嬉しくない？」

呆然としていた百花は、ハッと我に返り、慌てて首を何度も横に振る。

たった今まできっきりフラれたとばかり思っていたから、驚きすぎて頭がついていかないのだ。というか、これがまだ現実なのか信じられない。

透にフラれたショックで妄想しているのか、それとも夢でも見ている気分だった。

「で、今度は俺からの辞令」

透はそう言いながら立ち上がったかと思うと、寝室から何かを持って戻ってくる。

ひらりと目の前に置かれたのは婚姻届で、すでに透の名前や住所が記入されていた。

「永久就職になるからよく考えてサインして。うちの会社と違って簡単には辞められないよ」

生まれて初めて目にする婚姻届と記された薄い紙を見て、百花はドッと身体から力が抜けていくのを感じた。透も同じ気持ちで百花を待っていてくれたのだ。

「うん……うん……！」

気づくと百花は何度も頷いていた。安堵《あんど》のせいか感極まって百花の瞳から次から次へと涙が溢れ出す。いつまでも涙が止まらない百花を見て、透は苦笑しながら胸の中に引き寄せてくれた。

懐かしい透のコロンの香りがふわりと鼻を擽《くすぐ》って、百花をホッとさせる。

「はぁ……やっとモモが戻ってきた」

透の小さな呟《つぶや》きも、今は愛の言葉のように聞こえるから不思議だ。

「私も……すっごく、会いたかった……」

婚約解消を告げられてからずっと恋しくてたまらなかった温《ぬく》もりにうっとりと目を閉じる。大きな手で優しく頭を撫でられ、その手にも猫のように身体を擦《こす》りつけて甘えていたいような気分になった。

「毎日向こうでモモは何をしてるか考えてたんだ。テレビで大阪の街が映ったらもしかしたらモモが映らないか探してたし、大阪で事件があったニュースを見るとモモは無事かなって心配してた」

「それなら……一度ぐらい会いに来てくれてもよかったのに」

本社の近況やプロジェクトの進行具合を確認するために東京から連絡が来たとき、気づくと透の動向が気になって、誰かが話題にしてくれないか、元気でいるのかぐらいは知りたいと何度も思った。

でも婚約を解消された相手に自分から連絡しづらかったし、何度か出張で東京に戻ったときは、意図的に透を避けてしまったのだ。

今さら言っても仕方がないが、頑なにならずに連絡を取っていればまた何かが変わったのだろうか。

「そういえば、モモのインタビュー映像見たよ。向こうのローカル番組に出ただろ」

透が思い出したように言った。

「え？」

頭をもたげどうして知っているのかと百花が目を丸くすると、透がクスリと笑った。

「向こうで出たメディア類は雑誌でも映像でも本社に届いてるからね。大場が見つけて教えてくれたんだ。すごく可愛く映ってたよ」

「そう？　何だか顔が丸くなかった？」

「いつものモモだったよ。というか、自信があって仕事のできる女って顔してた。あれを見たら、モモはもう帰ってこないんじゃないかって心配になったんだ。美南もそう言って俺のこと脅すしさ」

なぜＭＩＮＡの名前が出てくるのだろう。百花が首を傾げると、それに気づいた透が言った。

「モモ、プロジェクトで美南と連絡を取ったり頻繁に会って一緒に食事したりして、俺のこと話しただろ？」

「……うん」

東京では翠が対応してくれていたけれど、ＭＩＮＡとは透の言う通りこまめに連絡を取り合っていた。仲良くなったこともあり、食事の時に婚約解消のことなどプライベートの話もしていた。

「モモと会うたびにいちいち俺に報告してきてさ、モモには俺以外の男の方がいいとか、仕事もうまくいっているのに俺のところに帰るはずがないとか、腹が立つようなことばっかり言うんだよ」

ＭＩＮＡには何度も透なんかに百花はもったいないから新しい恋人を探した方がいいとけしかけられたが、二人で会っていたことを透に報告されていたのは知らなかった。

「それに大阪には馬淵もいただろ。あいつ絶対モモに気があったし、もしモモが誰かと付き合うならあいつかなって」

「どうして？」

「モモは押しに弱いタイプだから。で、馬淵は営業で口がうまい。あいつが本気出したらモモを丸め込むなんて簡単だろ。実際、俺もかなり強引にモモが結婚したくなるように迫った自覚あるし」

一応自分が強引だったことは認めるらしい。まあ百花としては透が強引な手段で結婚を迫ってくれたからこそ彼への気持ちを自覚できたのだから、結果的にはよかったのだが。

「本当に何もなかったのか気になるな」

透はやるせなさそうな溜息を吐くと、百花の身体を抱きしめた。

「モモ、馬淵に何もされなかった？　酔った勢いで部屋に連れ込まれるとかさ。モモは騙されやすいから心配だな」

「あ、あるわけないでしょ！　だいたい酔った勢いで私を自分の部屋に連れて帰ったのは透くんだし！　それに私、透くんに捨てられたと思って傷心で大阪に行ったんだから！」

「それが危ないんだよ。傷ついたり落ち込んでるときって優しくされるとぐらっとしちゃうだろ。男はそういうところにつけいるんだって」

「そんなことありませんでした！　ていうか、透くんはそうやって女の子の弱みにつけ込むってことね」

百花は透の胸から顔を上げて冷ややかな目で彼を見つめた。

「ち、違うって。俺はそんなことしない。一般論だろ」

慌てて否定する透が面白くて、百花はわざと疑うように目を細めた。

「ホントだってば！　俺はモモ一筋だって」

「……じゃあそういうことにしておきます」

真面目な表情を作って頷くと透はホッとした顔になる。それを見てしまうと、こみ上げてくる笑いを堪えるのが苦しくて仕方なかった。

「おい、もしかして笑ってる？」

透に顔を覗き込まれて、百花は我慢できずに噴き出した。

「だって、透くんがあんまり慌てるから……！」

「こら！」

透の手が伸びてきて百花の手首を掴み、そのまま背後から羽交い締めにする。

「そういう可愛くない婚約者にはお仕置きだ！」

透はそう言うと百花の脇腹を擽り始めた。

「きゃっ……ははは……や、やめて……っ……」

脇腹や背中を大きな手で何度も擽《くすぐ》られて、百花は声を上げて身を捩《よじ》った。まるで子どもの頃に戻って、兄や透と擽《くすぐ》りごっこをしていたときのようだ。

すると突然顎に手がかかり、あっと思ったときには顔を上向きにさせられていた。そして次の瞬間、上から覆い被さるようなキスで唇を塞《ふさ》がれる。

「ん……っ」

久しぶりの熱い唇の感触に頭に血が上ってしまい、ついさっきまで笑い転げていたこともあり息苦しさにくらくらと眩暈《めまい》を覚えてしまう。

すぐにぬるりと舌が滑り込んできて、貪《むさぼ》るように百花の口腔を犯していく。透は乾いた喉を潤すように百花の口腔に満遍《まんべん》なく舌を這《は》わせて、溢《あふ》れてくる唾液まで啜《すす》り上げてしまう。

「んっ……ふ……ぅ」

百花の小さな舌と透の厚みのある舌がヌルヌルと絡みつくと、背中がぞわりとして腰の辺りから痺《しび》れのようなものが這《は》い上がってきた。

「ん、ふ……ぁ……ん」

喉の奥からくぐもった声が漏れて、透はさらに口づけを深くする。

たっぷりと舌を捏《こ》ね合わせ、お互いの体温が同じになるほどたっぷりとキスを交わす。透の腕に抱かれている幸せに、百花は満足げな吐息を漏らした。

「そういえば、キスするのもモモに触れるのも、すごく久しぶりだったね」

そう言いながら透の唇は額や頬、目尻や鼻のてっぺんと様々な場所に口づけていく。

透の言う通りずいぶんと久しぶりのキスだし、改めて半年以上こうして透と触れ合えなかったことを思い出した。

よくずっとこの腕から離れていられたと思うほど透の腕の中は百花を安心させて、自分が守られているという気持ちにしてくれる。

「透くん」

身体を捻《ひね》って腕を伸ばすと、透にギュッと抱きついた。すぐに懐かしいコロンの香りがして、本当に透の元に戻ってきたのだと実感する。

「ん、モモの匂い」

「うん、透くんの匂いもする」

百花はもう一度透の匂いを胸いっぱい吸い込む。

「透くん、大好き」

もう二度と離れ離れになりたくない。さらに強く透に抱きつくと、大きな手が背中を優しく撫で下ろした。

「モモ、今日は……時間は大丈夫？」

その問いに、百花はわずかに頭をもたげ透を見上げた。

「実は、ママたちには明日大阪から帰るって伝えてあるの。みんな楽しみに待ってるって」

「いつの間にそんな悪知恵が働くようになったの？　やっぱり大阪でいい子にしていたか確認する必要があるみたいだな」

透は艶《つや》めいた笑みを浮かべると、百花を抱きあげ寝室へ足を向けた。

久しぶりに入る透の寝室は、別れた時と何も変わっていない。強いて言えばベッドカバーやシーツの色が変わっているけれど、それはあの頃とは季節が違うからだ。

透はいつもより乱暴に百花をベッドの上に下ろすと、そのまま百花の身体を押し倒した。

「……っ」

仰向けにされたかと思うと、先ほどの貪《むさぼ》るようなキスが再開される。まるで気持ちが急《せ》いているかのような激しいキスに、透の熱情を感じて胸がいっぱいになった。

もう二度と離れられないように、透と一つに溶け合ってしまいたい。透も同じ気持ちでいてくれるのだろうか。

乱暴とも言える勢いで着ていたものを剥ぎ取られ、あっという間にショーツ一枚の姿にされてしまう。さすがに久しぶりに透の前で裸になるのは恥ずかしくて、身体を隠すように身を捩《よじ》る。すると逃げると思われたのか透が覆い被さってきてうつ伏せに押さえつけられてしまった。

「モモ、怖がらないで」

後ろから顔を近づけられ、耳に熱い息が触れる。百花は透の息を擽《くすぐ》ったいと感じながらシーツに顔を伏せたまま首を横に振った。

「こ、怖がってなんかない。でも、久しぶりだから……恥ずかしい……」

「そんなこと忘れるぐらい気持ちよくさせるから」

「ン……」

透に抱かれて恥ずかしくなかったことなどないけれど、気持ちよくなりすぎて何も考えられなくさせられてしまうのも本当のことだった。

「モモ」

掠《かす》れた声で名前を呼ばれて、熱い唇が剥き出しになった首筋から背筋へと滑らされる。チュウッと強く吸われピリリとした痛みに顔を顰《しか》めると、次の瞬間にはその場所を舌がなぞる。

「綺麗だ。誰かのキスマークでもついていたらどうしようかと思ったけど」

透はそう呟《つぶや》くとまた別の場所を吸い上げ、同じように舌で撫でる。キスマークをつけられているらしいと気づいたのはもう何度も吸われた後で、もしそうなら今頃背中は大変なことになっていそうだ。

「んっ……ふ……」

ぬめる舌で舐められると擽《くすぐ》ったくてたまらないのに、身体の奥が勝手に疼《うず》いて、足の間が少しずつぬるついてくるのを感じて困ってしまう。

まだキスしかしていないのに簡単に淫《みだ》らに秘処を濡らしていることを知ったら、透はどう思うだろう。

すると百花の心を読んだかのように、透の片手がショーツの上からお尻の丸みを撫でる。手のひらが内股に滑らされ、百花は肩口をビクリと跳ね上げた。

「……っ！」

「擽《くすぐ》ったい？　それとも感じた？」

透の艶《つや》めいた声に羞恥心《しゅうち》を覚えて、シーツに顔を擦《こす》りつける。

「じゃあ、どっちか確かめてみようか」

確かめるという言葉にギョッとしたときには足の間に指が滑らされ、すっかり濡れて貼りついてしまったショーツに触れていた。

「ほら、もうビショビショ。そんなにしたかった？」

そんな言い方をされると、まるで百花がとてもいやらしい人間のように聞こえる。透と一つになりたいと思っているのは本当だが、それは彼も同じのはずだ。

「初めてのときもすぐに濡れてたから、そんな清純そうな顔してモモは本当は淫乱なのかな。それとも大阪で誰かに感じやすくされた？」

「ちが……」

濡れた場所を長い指が何度も往復して、それだけの刺激でも身体の奥が疼《うず》いてきてしまう。

何とかそう口にしても、身体が反応してしまうことを隠すことなどできなかった。

「それにこんないやらしい身体なのに、本当に大阪で我慢できたの？　男じゃなくても、自分でしたりしたのかな？」

「そんなこと、してな……」

「どうかな。ちゃんと調べて見ないとね」

透は楽しげな口調で呟《つぶや》くと白い腰を引き上げ、お尻を突き出すようにひざ立ちにさせる。百花がうつ伏せのまま、自分がどんな格好をしているのか気づき赤面したときだった。

長い指が濡れたショーツをずらし、いきなり濡れそぼった淫唇を乱し始めた。

「あ……ン！」

いきなり蜜孔に指が押し込まれて、内壁《ないへき》を擦《こす》り上げる刺激に百花は身体を大きく戦慄《わなな》かせる。

「久しぶりだからちょっときついか。でも百花が大阪で良い子にしていた証拠かな」

透はからかうように言ったけれど、百花は早くも快感に腰を揺らしてしまう。それがもっとしてほしいと強請《ねだ》る仕草に見えてしまうことに気づかず、快感を紛らわすために唇を噛む。

「ほら、ナカもヌルヌルだ」

クチュリと水音を立てながら指が抽送《ちゅうそう》されるたびに胎内が戦慄《わなな》いて、そんなつもりはないのに勝手に透の指を強く締めつけてしまう。

それに先ほどから身悶《みもだ》えるたびに、シーツに擦《こす》りつけられる胸の先端が疼《うず》いてたまらない。まだ触れられていないのに痛いぐらい張りつめて、まるでたっぷり愛撫されたときのようにぷっくりと立ち上がってしまっている。

早く触れてほしくてたまらないのに、膣壁《へき》を擦《こす》る指が増やされ、蜜孔を犯す動きがさらに激しくなった。グチュグチュと音が大きくなっていくのも恥ずかしいし、身体のあちこちが疼《うず》いて熱くてたまらない。

「や……そこばっ……り……！」

思わずそう口にして身を捩《よじ》ると、透が再び背後から覆い被さってくる。

「こら、おとなしくして」

背後から抱きしめるように片腕が回され、大きな手が重力で下がった胸の膨らみをすくい上げる。

柔らかな胸を鷲《わし》づかみにされ、白い素肌に指が食い込んだ。

指の間から凝った乳首が飛び出して、透の長い指がその尖りを挟み込む。

「ひぁ……っ！」

引き伸ばすように引っぱられたかと思うと、指の腹で押し潰すようにクリクリと捏《こ》ねられ、キュンとした痺《しび》れが下肢《かし》にまで伝わっていく。

「どうしてこんなに固くなってるの？」

「しらな……っ……」

シーツに顔を押しつけて頭を振るけれど、一人で勝手に感じてしまっていることは誤魔化しようがない。

指を咥《くわ》え込んでいる膣洞がどうしようもなく震えて、淫《みだ》らな肉襞《ひだ》が指に絡みつく。それなのに透の指は隘路《あいろ》に押し込まれたまま動こうとはしなかった。

「モモ、乳首を触られてナカが締まるのわかる？　俺の指に喰いついてくるみたいだ」

「……っ！」

百花の頭の中を覗いたような言葉に恥ずかしくなったが、それよりも早く疼《うず》く隘路《あいろ》を擦《こす》り上げてほしくてたまらなかった。

そんな淫《みだ》らなことを考えてしまうなんて、自分は本当に淫乱なのかもしれない。嫌だと言ってもやめないで、すべてを忘れてしまうほど激しく感じさせてほしいと思ってしまう。

それなのに透は百花の上に覆い被さったまま尖った乳首を指で嬲《なぶ》る。まるで百花が欲しいものをわざと気づかないふりをするかのように弄《もてあそ》ばれ、苦しくてたまらない。

そしてとうとう我慢できなくなった百花は、首を捻《ひね》り目尻に涙を浮かべて透を見上げた。

「いや、もぅ……はや、く……」

掠れてはいるけれど聞こえているはずなのに、透が艶《つや》めいた笑みを浮かべて百花の顔を覗き込む。

「早く、何？」

「……」

「モモ？　早くどうしたいの？」

どうしても百花の口から言わせたいらしく同じ質問をくり返され、羞恥《しゅうち》のあまり溜まっていた涙がポロリとこぼれ落ちた。

「……ぁく……はやく……動い、て……」

透の唇の端が満足げに吊り上がる。あまりにも嗜虐的な笑みに、百花は少しだけ透のことが怖くなった。

「それってこのまま後ろから挿《い》れられたいってこと？　モモはやっぱりいやらしいな」

恥ずかしくてたまらないけれど、百花はシーツに顔を押しつけて何度も頷《うなず》いた。

すると透が身を起こし、隘路《あいろ》からずるりと二本の指が引き抜かれる。何とも言えない喪失感に背筋を震わせると、栓のなくなった蜜孔からこぼれた蜜が太股《ふともも》へと伝い落ちた。

「あぁ……っ……」

早く透が欲しくてたまらない。ショーツを穿《は》いたままの蜜口に固いものがピタリと押しつけられ、百花は息を止めた。

しかしすぐに挿入《はい》ってくると思っていた熱はそのまま動く気配がない。

「モモ、言って。透くんに後ろから挿《い》れてほしいって」

「……ッ!!」

「透くんに後ろからグチャグチャにかき回して、イカせてほしいって」

透の淫《みだ》らな要求を耳にして、羞恥《しゅうち》で頭に血が上る。百花が絶対に口にしないような言葉を言わせようとして喜ぶ透は、Sの気があるとしか思えない。

それなのに透に身を委《ゆだ》ねてしまっている百花は、例えそれがとてつもなく自身を辱める言葉だとしてもそれに従うしかないのだ。

「……と……る、くんに……後ろから、挿《い》れて、ほし……」

百花は羞恥《しゅうち》で震える声で哀願する。そう言葉にしただけで、さらに肌が粟立ってしまう。

期待に満ちた眼差しで見上げると、透は嗜虐的な笑みのまま微《かす》かに首を横に振った。

「後ろからグチャグチャに掻き回して、イカせてほしい、は？」

「……ッ」

そこにはいつも優しくて百花を甘やかしてくれた透はいない。卑猥《ひわい》な言葉を口にして、羞恥《しゅうち》に身《み》悶《もだ》える恋人の姿を見て喜ぶ獰猛《どうもう》な雄のような男がいた。

今さら気づいても逃げ出せないところで本性を見せられた気がして、悔しい。しかしたとえそうだとしても、彼に心を明け渡してしまった百花にそれを拒むことはできなかった。

「して……お願い、だから……」

百花は本格的にポロポロと溢《あふ》れてきた涙を隠そうともせず、不自然な体勢のまま透を見上げた。

「……後ろから掻き回してほしい？」

その問いに待ちきれずガクガクと頷《うなず》く。

「……イカせてほしい？」

百花は羞恥もかなぐり捨て、もう何も考えず壊れた人形のように首を縦に振った。

「はや、く……っ……おねが……」

掠《かす》れた声で懇願したのが合図のように、蜜孔に押しつけられた熱が一気に隘路《あいろ》へとねじ込まれる。

指が届かない最奥にまで貫かれる刺激に百花はあられもない声を上げて背を仰《の》け反《ぞ》らせた。

「ひっ、あぁ……!!」

久しぶりに肉竿で貫かれた膣洞は薄い粘膜を引き伸ばされて悲鳴を上げる。痛みにも似たそれは快感で、百花は待ちわびていた刺激に嬌声《きょうせい》を漏らした。

「あぁ、あ、あ……！」

「モモ、気持ちいい？」

透の囁《ささや》きにガクガクと頷《うなず》くと、背後からパチュパチュと音を立てて雄竿を抽挿《ちゅうそう》される。いつもと擦《こす》られる場所が違い、初めての快感に太股《ふともも》がブルブルと震えてしまうのを止めることができなかった。

「あ、あぁ……ん、や……ん……」

胎内を探るようにあちこち突き回され、辛うじて立てている膝が震えて今にも頽《くずお》れてしまいそうになる。自分でも驚くぐらい感じてしまって、どうしていいのかわからない。

「んぁ……ん、んぅ……」

嬌声《きょうせい》を誤魔化すようにシーツに顔を押しつける。すると背後から足の間に手を回され、指がショーツをずらし、花びらの奥に隠れていた花芯に触れた。

「ひぅ……っ！」

百花の反応を楽しむように指が膨らんだ小さな粒を捏《こ》ね回す。その刺激に膣肉がキュウッと収斂《れん》するのを感じた。

「や!!　そこ、さわ……ない、で……！」

「イカせてほしいんだろ？　じゃあおとなしくしてて」

確かに早く奥で感じさせてほしいと思ったけれど、こんなに強い刺激を与えられたら、何もわからなくなっておかしくなってしまう。

「や、いやぁ……！」

それなのに透は深くまで雄芯をねじ込むと、膣洞を広げるように押し回す。一方で指で感じやすい粒を強く押し潰され、快感に弱い百花の身体が大きく跳ねた。

「あ、あ……これ、ダメ……ダメ……っ！」

「大丈夫。イッていいよ。モモがしてほしいなら今夜は何度でもイカせてあげるから」

透はそう囁《ささや》くと、雄竿を一気に引き抜き、それを再び最奥までねじ込むという行為をくり返し始めた。

お腹の奥をノックするように雄の先端がトントンと刺激して、目の前に小さな星が飛び散る。これまでも透には何度もイカされたことがあるけれど、こんなに強い愉悦を感じるのは初めてだ。

「むり……も、むり……っ」

かろうじてそう口にするが、もう思考は熱を帯びたチョコレートみたいにドロドロになっていて、自分ではどうすることもできなくなっていた。

激しく感じやすい場所ばかりを突き回され、百花の身体が歓喜の悲鳴を上げる。膣洞はビクビクと痙攣し、これ以上ないというぐらい強く雄竿を強く締めつけた。

「あ、あ、あ……！」

背を震わせて達する百花の細い背中を透の腕が抱きしめる。腕の中でもう一度ブルリと身体を震わせると、雄竿をずるりと引き抜かれ、そのまま仰向けにされた。

すでにぐっしょりと濡れそぼってひどいことになっているショーツを足から引き抜かれる。百花がぼんやりとしているうちに足を大きく開かされ、再び隘路《あいろ》に雄芯をねじ込まれた。

達したばかりで敏感になっていた隘路《あいろ》は、それだけでも淫《みだ》らに震えてしまう。

「や……まっ、て……」

百花の小さな抵抗は透の耳を通り過ぎる。ジタバタと抵抗する両足を抱え上げ、身体を二つ折りにするような格好で深いところまで雄芯を突き立てられてしまう。

「や……、あっ、あぁ……まだ……！」

達したばかりの身体はまだだるくてたまらないのに、さらに強い愉悦を与えられて意識が朦朧としてくる。

感じるところばかりを突き上げられ、大きく揺さぶられるたびにお腹の奥が震えて、快感の熱が暴れ回っているのがわかる。このままでは自分がどうなってしまうのかわからず怖くてたまらなかった。

「あっ、あっ、あぁ……！」

先ほどは背後から感じさせられ、今度は両足を抱えられたまま突き上げられて、透の体温が遠い。

激しい熱情をぶつけられるのも不安だが、それならせめて透と抱き合っていたかった。

百花は快感に潤む目で透を見上げた。

「や、や……ギュッと、して……！」

今までにない大きな快感の波が身体の中で暴れ回っていて怖くてたまらない。バラバラにならないように透に捕まえておいてほしい。

百花が懇願するように手を伸ばすと小さな舌打ちが聞こえて、次の瞬間抱えられていた足が自由になった。

「モモ……っ！」

透は掠《かす》れた声で名前を呼ぶと、百花の小さな身体をすべて隠すように覆い被さってくる。透の硬い胸で柔らかな膨らみが押し潰され、百花は腕を伸ばし、その身体に必死ですがりついた。

「ん……っ」

もう離れないように透の腰に自分の足を絡ませる。背中にも手を回し、少しでもお互いの体温が感じられるように身体を密着させると、心地良さに唇から吐息が漏れた。

「はぁ……」

やっと透を間近に感じて、いつまでもこうしていたいと思う。しかしお互いの身体はすっかり昂《たか》ぶりきっていて、透は百花の身体を掻き抱いたまま激しく身体を打ちつけ始めた。

「あっ、あっ、あぁ……ん、んぅ……」

強く抱きしめられているせいで身動《みじろ》ぎすることもできず、脈動する熱を何度も穿《うが》たれ続けてしまう。律動《りつどう》のたびにグチュグチュと二人の間から淫《みだ》らな水音が漏れて、耳まで犯されているみたいだ。

「や、ん、これ……あぁ……」

ゆさゆさと身体を揺さぶられ、激しく抽送をくり返された百花の身体が悲鳴を上げる。シーツの上で足の指がピンと引きつり痙攣し始めた。

「モモ、モモ……」

熱に浮かされたように透が耳元で何度も名前を呼ぶ。その少し切羽詰まった声を聞くだけで百花の中で熱が弾けてしまい、百花は快感に膣肉を震わせた。内壁が激しくうねり雄を強く締めつける。

透はさらに二度、三度と腰を振り、百花の頭を抱え込むようにして背中を大きく震わせた。

久しぶりの逢瀬だからなのか、それとも透はもともと嗜虐的な面を持つ人間で、これまで百花の前でそれを隠していたのかはわからないが、彼にこんなに激しく抱かれたのは初めてだ。

もしかして、今までは手加減して百花を抱いていたのだろうか。もしそうだとして、これからも毎回こんなふうに抱かれたら身が持ちそうにない。

そのあたりに関してはこれから話し合いが必要な気がするが、今は二人の薬指に光る指輪を思って何も言わずにおくことにした。

やっと透を取り戻したのだから、今は余韻に浸っていたい。自分を抱きしめる透の身体を抱き返し、思う存分その体温を楽しむことにした。

8

ＭＩＮＡとの共同プロジェクトもいよいよ終盤で、今日は朝からＭＩＮＡ自らがモデルになってのカタログの撮影日だった。

極秘ということで撮影はスタジオではなく都内のＢＯＮ所有の式場の一つで行われることになっている。屋外での撮影も予定していたから、百花は数日前から天気予報を気にしていた。

幸い朝から晴れ渡っていて、少し気温が高くなりすぎるのではないかとそちらの方が心配になるほどだった。

「ＭＩＮＡさんお久しぶりです！」

「モモちゃん！」

百花は控え室に顔を出し、ＭＩＮＡに声をかける。

先日まだ大阪支社に在籍中、ＭＩＮＡが仕事で立ち寄ったときに会ったのが最後だから、彼女とは一ヶ月ぶりの再会だった。

このプロジェクトを通して二人はすっかり仲良くなっていて、百花はＭＩＮＡのことを仕事の相手というよりも友達や姉妹のような親近感を持つようになっていた。

ＭＩＮＡはすでにメイクを始めていて、薄いガウンを羽織っているが、開いた前身頃からはウエディング用のランジェリーが覗いている。

コルセットで引き締めて押し上げられた胸元はグラマラスで、女同士だというのに羨ましくて、思わず見惚《みと》れてしまう。

「はぁ。ＭＩＮＡさんってやっぱり素敵です」

「ありがとう。モモちゃんのおかげでとっても楽しく結婚式の準備ができてるわ」

「とんでもないです。それに私は大阪にいて打ち合わせもリモートが多かったですし、頑張ってくれたのは大場さんなんです」

東京での業務のほとんどを翠が回してくれなければ、百花一人でプロジェクトの進行管理をすることなどできなかっただろう。

一応企画の責任者には百花の名前があるが、実際の功労者は翠なのだ。ＭＩＮＡもそれはわかっていて、百花の言葉に頷《うなず》いた。

「うんうん。私も大場さんには本当にお世話になったの。お式の準備とかにも親身になってくれて、今から当日が楽しみよ。彼女ともすっかり仲良くなっちゃった」

「大場もこちらに来ていますので、後ほど挨拶に伺うと思います。今日の撮影は私も精一杯務めさせていただきますのでよろしくお願いします」

百花は改まった口調で言うと、深々と頭を下げる。するとＭＩＮＡも大袈裟に頭を下げた。

「了解です。こちらこそよろしくお願いいたします」

それから二人で顔を上げて吹き出してしまう。

「慣れないことなんてするものじゃないわね。そういえば、透とはどうなってるの？」

「え？」

ＭＩＮＡが振り返って目配せをすると、メイクをしていたスタッフが心得たように、サッと二人から離れ控え室を出て行った。

「ほら大阪に行くときに婚約解消して、東京に戻ってきて再会したわけでしょ？　透が復縁する気満々だったのは知ってるけど、結局どうなったのか気になってたのよね。実は透に探りを入れるメッセージを送ったんだけど既読スルーされちゃって」

そういえば透が、ＭＩＮＡが百花の大阪での様子などを逐一伝えていたようなことを言っていたのを思い出す。実は百花が透に未練たらたらだったことにも気づいていそうだし、一応報告をしておいた方が良さそうだ。

「そ、その節はお騒がせしまして……」

ＭＩＮＡには透に婚約解消された愚痴を何度も言っているし、結局元サヤだと説明するのは何だか恥ずかしい。

「えーと、治まるところに治まったというか……まだ提出はしてないんですが、婚姻届にも記入して結婚の準備をする段階になってます」

百花がうっすらと顔を赤くしながら報告すると、目の前のＭＩＮＡが突然両手を挙げて万歳のポーズになった。

「えーやったぁ！　実はね、大場さんと賭けをしてて、私は二人が復縁する方に賭けてたのよ！　でも大場さんはモモちゃんは頑固なところがあるから、きっぱり断るんじゃないかって言うんだもの」

「え!?　大場って……翠さんが知ってるんですか!?」

透との関係は社内では内緒にしていたのに、翠はいつから気づいていたのだろう。すると百花の疑問に答えるようにＭＩＮＡが悪びれもせずに言った。

「実はね、初めの頃に大場さんと夕食会をしたんだけど、てっきり彼女も知ってると思って私が話しちゃったのよ。ごめんね。でも大場さんオフレコでってことにしてくれたし、私が知らない社内での二人の様子とかも教えてくれたから、色々話しているうちに盛り上がっちゃって」

「……」

ショックで言葉がないとはこのことだ。百花の知らないところでお姉様方に酒の肴《さかな》代わりにされていたらしい。しかも二人が復縁するかどうかが賭けのネタにされていたなんて、恥ずかしすぎる。

するとそこへまるで待っていたかのようなタイミングで、扉を開けて翠が姿を見せた。

「あ！　大場さん!!　私の勝ちよ！」

控え室に入ってくるなり叫んだＭＩＮＡの言葉に、翠の顔ががっかりとしたものに変わる。

「えーー私の負けかぁ！　百花ちゃん東京に戻ってから毎日楽しそうだし、もしかしたらとは思ってたのよね」

「うふふ。言ったでしょ。透はああ見えてねちっこいところがあるから、モモちゃんを簡単には手放さないと思ってたの。そもそもいい大人が女子高生に婚約を持ちかけるって、なかなかのものでしょ」

「確かに！　でも普段の専務からはそういうヤバイ感じ伝わってこないんですよね～まあただの幼馴染み《おさななじ》にしては構い過ぎるって前から思ってはいたんですけど」

「……」

いい大人がとかヤバイ感じとか、手厳しい言葉が飛び交《か》い思わず透に同情してしまう。でもこうして二人に言われるまで気づかなかったが、客観的に見たら確かにヤバイと言われても仕方がない年齢で婚約を申し込まれた気がする。

「それで？　結婚式はいつ頃の予定なの？」

翠の問いに百花はもうやけくそ気味で答えるしかなかった。

「今の仕事が落ち着いたらとは話してるんですけど、私はあまり盛大なお式にはしたくなくて……こんな仕事をしているのにおかしいかもしれませんけど、できれば家族と親しい人たちだけで、こぢんまりとやりたいんです」

本来なら大手企業の御曹司との結婚となれば、後継者として取引先を招待したりして会社ありきの結婚式にしなければいけないのだろうが、透は百花のやりたいようにしていいと言ってくれている。

　幸い百花の両親も透の父も了承してくれていて、ＭＩＮＡの結婚式とプロジェクトの発表が落ち着いてから、できればブライダル業界のシーズンオフとなる時期を狙って式を挙げたいと考えていた。

「なるほどね。一月、二月は閑散期だし、今からでも大安は押さえられるけど、そろそろ日程ぐらいは決めた方がいいんじゃない？」

「それなんですけど……」

　百花はもうひとつ悩んでいることがあって、この際すべてを知っているふたりになら相談してもいいかもしれないと思った。

「ＢＯＮ《うち》の式場で挙げないとダメですかね？」

「え？」

「どういう意味？」

　二人は理解できないというふうに顔を見合わせた。

「いや、うちの式場で結婚式をしたら、社内に専務と結婚したってバレちゃうじゃないですか」

「普通そうでしょ？　結婚式ってお披露目の意味もあるんだし」

　やはり意味がわからないと翠が首を傾げる。

「それの何が問題なの？」

「だって……私なんて今年でやっと入社三年目のぺーぺーじゃないですか。縁故入社をよく思ってない人もいるし。そんな小娘が透くんと結婚なんて、きっと色々言われると思うんですよ。透くんだって恥ずかしいかもしれないし、できれば社内では秘密にしておけないかなって。お互いあれこれ言われると仕事もしにくいですし」

透と結婚できるのは嬉しいけれど、このまま仕事を続けるように言ってくれているし、百花もそのつもりだ。そうなると部下が専務の妻とか同僚が専務の嫁というのは、みんなやりにくくなるだろう。

これまでも一部の人に社長の知人の娘という立場を、コネだなんだと言われていたのだ。入社試験は受けているが縁故入社であることに間違いはないので聞き流していたけれど、透が悪く言われたり、彼に恥をかかせたくはなかった。

すると黙って話を聞いていたＭＩＮＡが怒ったように叫んだ。

「まったく！　何を悩んでいるのかと思ったけど、そんなこと？　くだらない‼」

その口調の強さに、まるでぴしゃりと頬を叩かれたような気がして、百花は目を丸くした。

「あのね、モモちゃんはもっと自分に自信を持ちなさい！　私は大学からしか知らないけど、あいつ見た目だけはいいから女子には人気があったって言ったでしょ。そういう昔から女にモテまくってる男を高校生の頃から惹きつけてるのよ？　まあ、ちょっとキモいけど、そういう男に好かれてますって顔で、堂々とお披露目しなさいよ」

ＭＩＮＡに早口で捲《まく》し立てられ、百花は目を丸くする。

「だいたいね、やっかんだり裏で色々文句を言う奴らは、口ばっかりで自分は何の努力もしてない奴ばっかりよ。モデルにもいるのよ、人の仕事を羨ましがって裏で人の悪口言うおバカさんが」

するとも翠もＭＩＮＡの言葉を引き取るように頷《うなず》いた。

「そうよ。前にも言ったけど、少なくとも広報室では百花ちゃんのことをそんな目で見る人は一人もいないからね。だって百花ちゃんがいつも一生懸命企画を考えたり、仕事に真剣に向き合ってるのを見てるんだもの。おめでたいことなのにコソコソする必要なんてないでしょ。むしろ専務狙いの女子社員たちの前で勝ち誇った顔で結婚してやりなさいよ」

一部過激な部分もあるけれど、翠がそんなふうに思ってくれていたのは嬉しい。

冷静になって考えてみれば、透は将来の社長としてたくさんの人と付き合って行くわけで、妻である自分がいつまでも隠れているわけにはいかない。いつかどこかで知られることなら、覚悟を決めて堂々とお披露目をした方がいいのかもしれない。

正直まだ透の結婚相手として注目されるのは不安だけれど、こうしていじけていることも透に恥をかかせることになる。

「お二人ともいつもありがとうございます。もう一度ちゃんと考えてみたいと思います」

百花が礼の言葉を口にしたときだった。控えめなノックの音がして、先ほど席を外してくれた、メイクスタッフが顔を覗かせた。

「あのぅ……そろそろメイクを再開してもいいでしょうか？　カメラマンさんの準備ができたってアシスタントさんが知らせに来たんですけど」

その言葉に三人は撮影前だったことを思い出し、顔を見合わせた。

「ご、ごめんなさい！」

「大変！　私たちが進行を遅らせたらそれこそ大問題だわ。私カメラマンさんに状況伝えてくる！」

翠が慌てて控え室を飛び出して行くのと入れ違いに、メイクスタッフが部屋に入ってくる。

すぐにメイクが始まり、百花は鏡越しにＭＩＮＡに向かって頭を下げた。

「大事な日に私の話なんかに付き合っていただいてすみませんでした」

「いいのよ。あとは仕上げだけだし、今日のカメラマンさんは付き合いが長いから大丈夫。怒ったりしないわ。それより透のやつ！　婚約者をこんなに不安にさせるなんて男としてどうなのかしら」

まだ先ほどの勢いが収まっていないのか、ＭＩＮＡの口調が強い。

「と、透くんは悪くないですよ？」

フォローのつもりで口にしたが、ＭＩＮＡの怒りは収まらない。

「ううん。あいつ普段はあれこれ目敏《めざと》いくせに、変なところで鈍感で不器用なのよね。モモちゃん、男って女性のそういう心の機微に気づかないところがあるから、ちゃんと思っていることは伝えた方がいいよ。結婚ってずーっと続くものだし、我慢してたらいつかどこかで爆発しちゃうと思うの。まあ、偉そうなことを言っても、私もこれから結婚するんだけどね」

ＭＩＮＡは小さく肩を竦《すく》めると、鏡越しに百花に笑いかけた。

「まあ色々あるわよね。お互い幸せになりたいよね」

「はい！　ていうか、ＭＩＮＡさんは絶対に幸せになっていただかないと困ります！　だって私たちがお手伝いさせていただくんですし、何よりドレスのブランドイメージがありますから！」

「あははっ。そうだったね。とりあえずは今日の撮影を頑張って、ＢＯＮの社員さんたちに幸せになってもらおうかな」

「はいっ！」

ＭＩＮＡの言葉に百花は笑顔で頷《うなず》いた。

9

百花は控え室の長椅子に座り、少し離れた場所にある大きな姿見に映る自分を見つめて、もう何度目かわからなくなった溜息を吐いた。

間もなくチャペルで透と結婚の誓いをする予定で、すでにメイクも着付けも整い、後は定刻を待つばかりとなっていた。

鏡の中の自分は緊張顔で、眉尻がハの字に下がっている。これまで何度も仕事で花嫁さんの姿を見てきたが、こんな情けない顔をしていた人は一人もいなかった気がする。

みんな幸せで顔が輝いて、人生で最良の日である幸せオーラが花嫁を包み込んでいて、見ているこちらも幸せな気分になったものだ。それなのに、今の自分は泣き出しそうな顔をして、知らない場所に一人で放り出されたような不安を感じている。

去年の秋、ＭＩＮＡの結婚とプロジェクトがマスコミに発表された後、透と百花の結婚も正式に公になった。公と言っても社内に盛大に発表したわけではない。式場の予約をしたり、上層部の人間や広報室など関係者に結婚式の招待状が送られたことで、自然と知れ渡ったという感じだ。

社内は百花の予想に反してお祝いムードで、あちこちで好意的な祝いの言葉を述べられることが多くて驚いた。

もちろん一部の透ファンがあれこれ言っていたことも耳にしたが、そのたびにＭＩＮＡや翠に励まされて何とか挙式当日までたどり着くことができたと思う。

そんな百花が身に着けているドレスは、ＭＩＮＡデザインのドレスの中の一枚だった。

それまで百花がＭＩＮＡに感じていたイメージは「クールな美女」だったのだが、彼女のデザインしたドレスはどれも優美で愛らしいものも多く、女の子が夢見るドレスを現実にしたようなものばかりだった。

実際百花が選んだドレスも、レースがふんだんに使われたお姫様のようにスカートが膨らんだドレスで、大きく開いた襟ぐりは幅広のレースがシャーリングになっていて愛らしい。

実は百花がデザイン画の時から一番気に入っていたデザインで、ＭＩＮＡのドレスを着ると決まったとき、カタログを見直すこともなく一番最初に試着をしたいと選んだドレスだ。

ＭＩＮＡに持っていたイメージとは違うデザインに、百花は何かの折りにＭＩＮＡに尋ねたことがある。

「ＭＩＮＡさんってクールなイメージだったので、もっとシンプルな大人っぽいデザインが多いのかと思ってました」

するとＭＩＮＡが苦笑いを浮かべた。

「それ、よく言われるのよね。実際普段着る服はそういうのが多いし。でもウエディングドレスって女の子にとっては特別じゃない？　その日だけは自分だけが誰かのお姫様になれる特別な日。だから笑われるかもしれないけれど、私もお姫様になりたいなって思いながら考えたの」

ＭＩＮＡの言う通りだ。特別な日だからこそドレスを着るのだし、誰もがお姫様になれる日だ。そしてそういう考え方ができるＭＩＮＡを素敵な人だと思った。

このときの百花は、自分がこのドレスを身に着けることになるなど考えてもいなかった。ＭＩＮＡとその話をしたときはまだ透と復縁していなかったから、結婚のことなど考える余裕もなかったからだ。

そして百花に彼女のドレスを着ることを提案してきたのは、意外にも透だった。

ＭＩＮＡのカタログ撮影が終わってしばらくして、百花も自分から透と今後のことを話し合いたいと思っていた時期で、部屋で二人で過ごしているときに突然透が言った。

「モモに相談があるんだけど」

「……うん」

確かその時、百花は透の膝の上に座りテレビを見ていたから、上の空で頷《うなず》いたのだ。

「モモは俺と結婚式を挙げてくれる？」

キュッと背後から抱きしめられて、百花はやっと話の重要さに気づき、テレビから視線を外し透を見上げた。

「う、うん」

慌てて透の言葉に返事をしたものの、どうしてそれが相談なのだろう。もう百花の気持ちは変わらないし、透も同じなのだから近い将来に結婚式を挙げるのは決まっていると思っていた。もしかして、百花が一向に結婚式の準備をしようとしないから心配しているのだろうか。

するとと不思議そうな百花の表情に気づいたのか、透が苦笑しながら首を横に振った。

「変な意味があるわけじゃないよ。相談っていうのは、せっかくなら自分が企画したウエディングドレスを着て結婚式を挙げたらどうかってことなんだけど」

「え？」

「第一号は美南が自分の結婚発表のときに着るやつになるけど、一般のお客様への案内はその翌日からだ。たぶん挙式で使われるのは早くて年が明けてから、発表から三、四ヶ月ぐらい先になるだろ。モモはオフシーズンに式を挙げたいって言ってたし、来年の年明けに俺たちの結婚式をすることにして、その時にモモはＭＩＮＡプロデュースのドレスを着るっていうのはどうかな？」

「いいの？」

もし本当にそれが可能なら嬉しい。ＭＩＮＡのドレスはデザイン案のときから素敵だと思っていて、何着かお気に入りもあった。

「実は美南に相談したら、ぜひモモに着てほしいって」

「本当!?　それなら絶対着たい！」

腕の中から身体を起こして叫んだ百花を見て、透が苦笑する。

「でもさ、そうなるとひとつ問題があるんだ。ＭＩＮＡのドレスはうちのレンタルドレスだ。それを着るとなると、うちで挙式をしなくちゃいけなくなる。式場スタッフに知られるのは当然だけど、自然と社内外にも知られることになるし、そうなると会社の付き合いで披露宴に呼ばないといけない人も多くなる。でもモモは前に自分の結婚式はあまり派手にしたくないようなことを言ってたし、俺はモモが満足できる式にしたいんだ」

どうやら模擬披露宴のときに言ったことを覚えていてくれたらしい。それだけでも嬉しいのに、百花の満足できる式にしたいというその言葉だけで十分幸せな気分になれると、透は気づいているのだろうか。

ＭＩＮＡと翠に言われた言葉を思い出し、百花は透に向かって微笑んだ。

「私、ＭＩＮＡさんのドレス着たい。それに……うちの式場で結婚式を挙げたい」

「いいの？」

「うん。この前まで会社の人とかに知られるのは嫌だって思ってたんだけど、それって私と結婚したいと思ってくれた透くんに失礼だなって思って」

「俺に失礼？」

百花は自分が結婚式を挙げることに悩んでいた理由を説明した。

ＭＩＮＡと翠に話していなければずっと自分の中に抱えていたモヤモヤを口にして、気持ちが軽くなる。

百花の話を黙って聞いていた透は、ホッとしたように溜息を吐いた。

「モモが本音を話してくれて嬉しい。格好悪いんだけど、最初に俺が強引にモモに迫ったから、ずっとモモが本当に俺と結婚してくれるのか心配だったんだ。いい年した男が情けないだろ？」

「そんなことない。透くんは昔から私の中ではカッコいいお兄ちゃんだもん」

「お兄ちゃんは嫌だな」

「えーと……格好良い婚約者だったもん。私こそ、自分に自信がなくて……そのことを透くんにうまく伝えられなくてごめんなさい。でも、もう大丈夫だから、透くんに自慢してもらえるような奥さんになれるように頑張るね」

「モモ……」

透は小さく呟《つぶや》くと百花の身体を痛いぐらい強く抱きしめた。

あとで聞いたところによると、百花のことを心配したＭＩＮＡにかなり厳しく責められたらしく、ドレスのこともＭＩＮＡからアドバイスされたらしい。

確かにＭＩＮＡの言う通り、透は変なところで不器用なのかもしれない。婚約解消の時だって、ちゃんと理由を説明してからその話をしてくれればよかったのに、先に結論だけを聞いた百花は誤解して頑なに透のことをシャットアウトしてしまったのだ。

まあ早とちりしてしまった自分も悪いが、それにしたってもう少しやりようがあったのにと今でも思ってしまう。

そんな経緯もあり自社の式場で挙式となったのだが、いよいよという時間が近づき、今さらだが百花は本当に自分が透に相応《ふさわ》しいのか不安に襲われていた。

大好きな人と結婚する。これからずっと一緒にいられるというのに、どうしてこんなに不安になるのだろう。

さっきまで両親と兄がいてくれたのだが、スタッフに案内され、すでにチャペルに向かってしまい、今百花の側にいるのは、黒いパンツスーツにインカムをつけた進行担当の翠だけだ。

本当は同僚として披露宴に出席してほしいと頼んだのだが、それならお祝いとして自分に式の準備や進行を任せてほしいと頼まれたのだ。

最初は先輩にお願いすることが申し訳なくて仕方がなかったのだが、式の準備が進むにつれて不安や心配事が出てきて、翠が相談に乗ってくれると思うと安心でき、結果的に彼女におんぶに抱っこで頼りきりになってしまった。

翠がいてくれなかったら、無事に今日という日を迎えられなかっただろう。もう一度翠に感謝の言葉を伝えておこうと考えたときだった。控え室にノックの音が響き渡る。

「そろそろ時間かしら」

迎えのスタッフが来たのだろうと、翠が応対するために扉に近づくと、一瞬だけ早く扉が開いて意外な人物が顔を覗かせた。

「専務！　ダメじゃないですか！」

最初に声を上げたのは翠で、百花は驚いて振り返った。

「チャペルで顔を合わせるまでは控え室には来ないって約束だったはずですよ」

翠はそう窘《たしな》めながらも、扉を開けてタキシード姿の透を中に招き入れる。

「ごめん。ちょっと緊張しちゃったから、モモの可愛い顔を見て気持ちを落ち着かせようと思ってさ」

透の言葉に翠は苦笑しながら言った。

「五分だけですよ？　もうそろそろ定刻ですから」

翠は冗談めかして透を睨《にら》むと、百花に微笑みかけてから部屋を出て行った。気を遣ってくれたのだろう。

「大場さんに気を遣わせちゃったね」

透も同じことを思ったようだ。苦笑しながら百花の隣に腰を下ろし、白い手袋をした手を取った。

「翠さんってそういう人だから」

「彼女にはすごくお世話になったから、改めてお礼をしたいな」

「うん」

「新婚旅行から帰ってきたら、食事に誘おうか」

「うん」

透の声を聞いていると、少しだけ緊張が和らいでくる。手を繋いでいるだけで、手袋越しでも体温が伝わってきてホッとしてしまう。

きっと透は緊張した百花の顔を見て、本当は今話さなくてもいいようなとりとめのないことを話し続けてくれているのだろう。

「透くん、ありがとう」

「ん？　何が？」

「私の様子を見に来てくれたんでしょ？」

「俺は可愛い奥さんの顔を見に来ただけだよ」

透はそう言って笑うと、指で百花の頬を突《つつ》いた。

「でも今日のモモは可愛いって言うより……綺麗って言った方がいいかな」

「……っ」

「いつの間にこんなに綺麗になったのかな。モモのことは小さいときからずっと可愛いと思ってたけど、気づいたらすっかり大人になってた」

透はそこで言葉を切ると、ジッと百花の顔を見つめた。その瞳には様々な想いがよぎっていて、見つめ合っていると百花にもその想いが流れ込んでくるような気がした。

透は繋いでいた手を離し、両手でゆっくりと百花の頬を包みこむ。

「モモのこと一生大切にするし、必ず幸せにするから……だから今日俺と結婚してください」

「……何だかプロポーズみたい」

「うん。モモも言ってくれたし、何度言ってもいいだろ？」

そう言った透は少し照れているようで、百花はクスクスと笑いを漏らす。すると透は急かすように早口で言った。

「モモ、返事は？」

その言い方は拗《す》ねた子どものようだが、百花は慌てて笑いを収めて真面目な顔を作る。

「はい。こちらこそよろしくお願いします」

きっとこの先何度透にプロポーズをされても、自分は同じ返事をするだろう。こんなにも自分を愛して大切にしてくれる人など、透以外にこの世にいないのだから。

「ありがとう」

透は夢見るように優しく微笑むと、ゆっくりと顔を傾ける。それはいつものキスの始まりの仕草で、百花も誘われるように目を閉じた時だった。

「お取り込み中失礼しまーす！　お時間ですよ～？」

ギョッとして振り返ると、ニヤニヤと笑う翠が扉から顔を覗かせていて、百花は真っ赤になって目を伏せた。

「残念。続きはチャペルだ」

透は恥ずかしくないようで、がっかりした顔で溜息交《ま》じりに呟《つぶや》くと、長椅子から立ち上がった。

「先に行ってるから早く来て。そうでないと俺がモモがバージンロードを歩いてくるのを待っていられないかもしれないから」

翠が見ているというのにとんでもないことを言うと、透は真っ赤になった百花に満足げな笑みを浮かべて控え室を出て行った。

「……」

「……」

扉が閉まった後に一瞬の沈黙のがあり、翠が興奮して叫んだ。

「な、何!? 今の甘い台詞！ 専務って百花ちゃんと二人きりのときはあんななの？」

「え、いや……まあ……」

答えに困って、百花は赤い顔のまま曖昧に答えた。

実はもっと甘いことを言われたこともあるし、二人きりのときはあれが通常仕様の透と言ってもいい。でも人前で同じことをされるといつもキュンとしてしまう言葉が、急に恥ずかしくなってしまう。

言葉を濁す百花に翠は満面の笑みを向けた。

「いいのよ。どんどんイチャイチャしておきなさい。今が一番幸せなときなんだから！ それに専務のおかげで百花ちゃんの緊張もほどけたみたいでよかったわ」

「え？」

「さっきまで緊張のしすぎで顔が強張《こわば》ってて怖かったし、顔色も悪くて心配だったの。どうやってリラックスさせようかと思っているところに専務が来てくれたから助かったわ」

「心配をさせてしまってすみませんでした」

「いいのよ。でもね、一生に一度のことなんだから楽しんだもの勝ちだと思うの。だって百花ちゃんが主役でしょ。だからそうやっていつもの笑顔で楽しんできて！」

「はい」

百花は翠の言葉が嬉しくて力強く頷いて見せた。

考えてみれば自分の周りにはいつも助けてくれる人がいる。翠もそうだし、大阪では馬淵の存在に助けられたことが何度もある。

そして透は幼いときから百花の側にいてくれて、いつもこうやって守ってくれた人だ。今日からは自分も透を気遣ったり、辛いときは彼を支えて、笑顔にできる存在になりたいと心から思った。

「さ、それでは新婦様ご準備はよろしいですか？　チャペルにご移動をお願いいたします」

翠の改まった口調に、百花も笑みを浮かべて立ち上がる。先ほどまでは怖かった結婚式だったが、今は早く透と並んで歩きたくてたまらなかった。

チャペルでの挙式は親族と親しい友人のみとなっていて、緊張していた百花も退場の頃には笑顔を浮かべて皆に手を振ったりお祝いの声に頷き返す余裕があった。

百花の希望通りになったこぢんまりとした挙式とは違い、続く披露宴はかなり盛大なものとなった。

親戚関係はそれなりの人数に抑えてかなりコンパクトにできたのだが、仕事関係の招待客を選ぶのが大変で、親しい友人や会社の同僚よりも取引先などの関係者の出席が多く見えた。

それに透の仕事関係者が中心になると思っていたのだが、それならバランスをとるためにと榊原家の方の取引先にも声をかけることになり、席次を作るために透の秘書の内藤に泣きついて協力してもらったほどだ。

自社の式場で結婚式を挙げることを決めた時から覚悟はしていたけれど、知らない人がたくさんいる披露宴というのはかなりプレッシャーだった。

もちろんこれからは妻として透のためにそういった付き合いも必要となってくるのだけれど、この日の百花にはそこまでの余裕はなく、ある意味自社の式場とＭＩＮＡのドレスを宣伝するつもりで挑んだと言ってもいい。

自分にできるのはそれぐらいだと腹をくくったのがよかったのか、お色直しのドレスも含めてどれも招待客に好評で、他社からレンタルとして提携ができないかなどいくつか問い合わせもあったと聞きホッとした。

披露宴までは色々と不安もあったが、最終的に両親がとても喜んでくれて、百花はきちんと結婚式を挙げてよかったと思った。

新婚旅行は月並みだがハワイに行くことになっていて、友人たちとの二次会を終えた百花たちは、空港に近いホテルにチェックインした。今夜はホテルに泊まってゆっくりして、明日の夜の便で出発する予定だ。

お互い海外には何度か行ったことがあり、二人が行ったことのない場所にしようと話し合っていたら、実はハワイに行ったことがないのが判明したのだった。

式のプランニングに協力してくれていた翠も驚いていたが、ベタな新婚旅行も悪くないとホテルの手配をしてくれた。

ウエディングプランでスイートに泊まり、スパや買い物を楽しんでのんびりするというプランで、もし退屈なら現地でオプショナルツアーも用意されている。

プライベートビーチもあるそうで、そのために生まれて初めてビキニも買ったし、真冬の日本から南国のハワイを楽しむ気満々だ。

二次会の会場からホテルまでは透の父がハイヤーを手配してくれていたけれど、ホテルに到着したときには二人ともぐったりしていた。

透が新婚初夜なのだからと奮発してスイートルームを予約してくれたが、せっかくの部屋も楽しむ余裕がないほど疲れきっていて、二人はソファーに身体を投げ出した。

「あーーー疲れた！」

ホノルル行きは時差の関係で夜出発する便が多く、式を終えてその足で飛行機に乗りこむカップルもいると聞いたが、信じられない。

挙式に披露宴、二次会と続き、この後飛行機に乗り込んで日付変更線を越えていくなんて想像できなかった。

「やっぱり空港の側にホテルを取ってよかったな」

「うん。翠さんが飛行機は夜だから、この部屋も午後まで使えるように手配してあるって言ってたよ」

「ハワイは時差が……十九時間だっけ？」

「そう。日本時刻からマイナスするんだよ。友だちが行きは寝てもいいけど、帰りは時差ぼけにならないように起きていた方がいいって言ってた。ハワイ初めてだから、ガイドブック買って、友だちにも色々聞いちゃった」

「じゃあ早くお風呂に入って一緒にガイドブック見ながら行きたいところ決めようか」

透からの魅力的な提案に百花はにっこりと微笑んだ。

バスルームから出てくると、透がルームサービスで夜食を注文してくれていて、ワインクーラーにはシャンパンも冷えている。

「ボトルで頼んだの？」

「うん。今日はもう寝るだけだし、モモも飲むでしょ」

透はいつの間にかバスローブ姿になっていたが、サブの寝室の方についているシャワールームを使ったそうだ。スイートルームに泊まるのは生まれて初めてだが、こういう時に便利なのだと百花は庶民的な感想を抱いた。

「モモ、おいで」

言われるがまま隣に座ると、透がいつものように慣れた手つきでシャンパンを注いでくれる。二つのグラスに半分ほど注がれたシャンパンはピンク色だ。

「私、ピンクは初めて」

「そうなの？　じゃあ家に美味しいのがあるから、帰ったら飲ませてあげる」

「うん。でもそういうのって特別な記念日に開けたりするものじゃないの？」

あまりワインに詳しくはないが、そもそもシャンパンと呼ばれるものだって、そうそう日常的に口にしない。透はワインが好きだから一緒だと口にするけれど、百花の中ではシャンパンは何かお祝いでの乾杯のときの飲みものというイメージだった。

「キザなこと言っていい？」

「……ん？」

「俺にとってモモと一緒なら毎日が記念日です」

「……っ」

透がキザなことを言うと予告をしたのに、不覚にもキュンとしてしまう。他の人が言ったのなら笑ってしまうような言葉なのに、モモは真っ赤になった。

透は時々、こういう擽《くすぐ》ったくなるような台詞をさらりと口にするけれど、恥ずかしくないのだろうか。

「だからモモが飲みたいならいつでもいいシャンパンを開けるし、その日が特別な日だから覚えておいて」

「う、うん……」

「というわけで特別な日に乾杯しよう」

百花はまだ擽《くすぐ》ったいような気持ちで目を合わせるのも照れくさかったが、透は満面の笑みでグラスを合わせた。

ピンク色のシャンパンは透の部屋で飲んだことのあるものよりフルーティーで少し甘い。美味しいけれど、気をつけないと飲み過ぎてしまいそうだ。

「どう?」

「美味しい。透くんと一緒に暮らしてたら、お酒に強くなりそう」

「強くならなくてもいいよ。こういうのはたくさん飲めるのがすごいんじゃなくて味わうものだから。モモも少しずつ覚えていくと思うよ」

確かにがぶがぶ飲むより味わう方が大人っぽい。次の一口は透に言われたとおり、味を覚えるつもりでゆっくりと味わった。

疲れているせいかすぐにアルコールが回ってきて、いい感じで身体がフワフワとしてくる。このままベッドにダイブしたら気持ちよく眠りに落ちることができそうな酔いだ。

百花はグラスをテーブルの上に置くと、透の肩にこてんと頭をもたせかけた。

「ねぇねぇ。透くんってさ、結構少女漫画のヒーローみたいな台詞をさらりと言うよね」

ちょっと気持ちも大きくなっていて、先ほど考えていたことを口にしてしまう。

「私、いつも透くんの言葉にドキドキしちゃうんだ」

「そういうの、嫌い？」

透がわずかに目を眇《すが》めて百花の顔を覗き込んでくる。

「ううん。ちょっと恥ずかしいけど好き」

お酒のせいなのか、さらりとそんな言葉が出てくる。すると透はホッとしたように表情を緩めた。

「じゃあずっと百花にドキドキしてもらえるように頑張らないと」

「ずっと？」

そんなにいつもドキドキしていたら心臓が疲れて早死にしないだろうか。目を丸くして見上げる百花の唇に、透はチュッと音を立ててキスをした。

「そう。モモがドキドキしてるってことは、俺に飽きてないって証拠になるから」

「でも私が言わないとわからないでしょ」

どうやって透は確認するつもりなのだろう。すると透は百花の頭を肩から外すと、両脇に手を差し入れる。

「モモ、おいで」

そのままヒョイッと子どもを抱きあげるように持ち上げられ、向かい合わせになる格好で太股の上に跨《また》がらされる。足を大きく広げたせいでバスローブがはだけて、白い足が露《あら》わになってしまう。

「こうやって心臓の音を聴けばいいだろ」

透はそう言って戸惑って目を見張る百花の胸の上に、横顔をぎゅっと押しつけた。

「……っ」

バスローブ越しとはいえ胸の膨らみに顔を押しつけられ、百花の心臓が大きく跳ねる。

「うーん。聞こえないな。ホントにドキドキしてる？」

「し、してるよ！　だって、こんな……！」

いきなり胸に顔を埋められるなんて、心臓は今やドキドキを通り越してバクバクだ。

「バスローブ越しだから聞きづらいのかな」

透は百花の言葉を聞いていたのかいないのか、断りもなくバスローブの前をはだけてしまった。

「きゃ……ッ‼」

風呂上がり、迷いに迷って身に着けたブラが露わになって、透は布に覆われていない素肌の部分に耳を押しつける。

「ほら、これなら聞こえる」

「……」

「今度からはモモが本当にドキドキしてるか、こうやって確認することにしようか」

「いちいちそんなことしなくていいから！」

透の顔が触れている場所が熱くてたまらない。思わず手で顔を押し返すと、透がわずかに顔をあげた。

「ねえモモ、ウエディング用の下着ってもう着ないの？」

「え？」

「前にカタログ見たけど、あのコルセット姿のモモを脱がせてみたかったな」

ウエディング専用の下着を脱がす透を想像して、百花はまっ赤になる。

「な、何考えてるの⁉　バカ！　エッチ……っ‼」

「男は皆そうなんです。別に他の女の下着姿を見たいって言ってるんじゃないからいいだろ？　俺はモモだから見たかったの」

胸の谷間にスリスリと頬を擦《こす》りつけられて擽《くすぐ》ったい。その仕草だけを見るなら甘える子どものようで可愛いけれど、言っている内容はかなりエッチだ。

けれど透の言う通り、あの下着が視覚的に目を奪われるのはわかる。以前にＭＩＮＡが身に着けていたときに、百花も思わず見惚《みと》れてしまったのを思い出す。

あの下着を身に着けていたら、透の目に自分もあんなふうに魅力的に見えるだろうか。そう思った瞬間、百花の口からとんでもない言葉が飛びだした。

「……そんなに見たかった？」

「うん。控え室に行ったときに見せてもらえばよかったな～」

透があまりにもがっかりした口調で言うので、何だか可哀想になってくる。下着ぐらい着て見せてやればいいじゃないかという気持ちになってくるのだ。

「あのね……実は、あの下着はレンタルじゃなくオーダーなの」

「うん」

「だから……今日はマンションに持って帰ってもらう荷物に入れちゃったけど、家に帰ったら……ええと……透くんがどうしてもって言うならだけど、見られるよ？」

口にしているうちにだんだん恥ずかしくなってくる。自分から透を誘っているみたいだ。透も百花がそんなことを言うと思わなかったのだろう。驚いたように目を丸くしている。

「本当？　それってモモが俺のために着て見せてくれるってことでいいのかな」

つまりはそういうことなので、百花は赤くなりながらこっくりと頷《うなず》いた。

「……明日から新婚旅行に行くのやめようか？」

一瞬の間のあとぽつりと口にした言葉にギョッとする。新婚旅行取りやめはないにしろ、透のことだからタクシーを飛ばして下着を取りに行くと言い出しそうだ。

「し、新婚旅行は行くからね？」

慌てて言った百花を見て、透はクスクスと笑いを漏らした。

「冗談だよ。家に帰るまでのお楽しみにしておくから」

「た、楽しみにしないで……」

透に魅力的だと思ってほしいというほんの少しの好奇心から口にしてしまったが、とんでもないことになりそうな予感がする。

後悔する百花とは逆に透は上機嫌で、満面の笑みを浮かべて百花の背中を思わせぶりに撫で上げた。

「じゃあ……今夜は普通に夫婦の営みをするってことで」

「……」

普通の営みがどんなものを指すのかわからないけれど、透ははだけていたバスローブを脱がせ床に落とすと、背中に手を回しブラのホックも外してしまう。

透の目の前に百花の丸い膨らみがふるりとこぼれ落ち、大きな手のひらが下からすくい上げるように揉みほぐし始めた。

「ん……っ」

すぐに身体が反応して膨らみの中心が固く尖っていく。透の長い指はその固い凝りを摘まむと、弾力を確かめるように押し潰す。

「あ……は、ンッ……！」

「モモ感じやすくなったね。初めの頃はここを触るとちょっと怖がっているように見えたけど、今は気持ち良さそうな顔してる」

「ん……っ」

キュッと乳首を摘まれ、百花の華奢な身体が戦慄《わなな》いた。

透にはそんなふうに見えていたのだろうか。確かに最初の頃は擽《くすぐ》ったいような痛いような不思議な感じがしたのに、今は透に触られるとその場所から甘い愉悦が全身に広がっていき、もっと感じさせてほしいと思ってしまうのだ。

「モモ、どうしてほしい？」

指で乳首を捏《こ》ね回しながら、透が甘い声で囁《ささや》く。

「モモがしてほしいことを全部してあげる」

キュッと捻《ひね》り上げられただけで、百花は甘い声を上げてしまう。

「あ、ン……！」

「ほらどうしてほしいの？」

百花を見つめる透の目が次第に熱っぽくなっていく。視線だけで身体が疼《うず》いてしまうような眼差しに、百花は無意識に背筋をブルリと震わせる。

「モモが自分で言えないなら俺が教えてあげようか。モモはここを吸われると胎内が締まるんだ」

透はそう言うと、口を大きく開けて膨らみの先端を乳輪ごとぱっくりと咥《くわ》え込む。

「あ……っ！」

暖かな口腔に咥《くわ》え込まれてチュウッと強く吸い上げられると、透の言う通り下肢《かし》がキュンと痺《しび》れて痛いぐらい収縮しているのがわかる。

透は満足げに百花の反応を見つめながら、さらにちゅぱちゅぱと音を立ててその場所を口淫で攻め立てる。

「んっ……ふ、は、んんッ……あぁ……」

舌先で固くなった乳首を舐め転がされ、お腹の奥がジンジンと痺《しび》れてきて身体が昂《たか》ぶってしまう。

身体の奥からとろりとしたものが溢《あふ》れてきて、触れられてもいないのにその場所が濡れそぼっているのがわかる。

「モモ、腰上げて」

透の手が下着にかかり、百花はとっさに首を横に振った。胸の刺激だけでこんなにも身体を疼かせていることを知られたくなかったからだ。

「や、いや……ここじゃ……」

ふるふると首を横に振ると、透はわずかに唇を緩める。

「大丈夫、後でベッドでもしてあげるから。それにこれから色んなところでするつもりだから、ソファーの上ぐらい慣れてもらわないと」

色んなところとはどこのことだろう。以前にバスルームでしたことはあるけれど、それ以外の場所が想像できない。でも透に尋ねたらとんでもない場所を指定されそうで、考えるのを放棄した。

両手で腰を引き上げられ、足から下着を引き抜かれる。濡れているのが恥ずかしくてたまらなかったけれど、それよりもお腹の奥が疼いてしまい、このあとに続く行為に期待を抱いてしまう。

透はバスローブの下に下着を身に着けておらず、下肢をはだけるとそこから固くそそり立った雄が姿を現した。

「モモ、自分で擦《こす》りつけてみて」

「え……っ」

透の提案にカッと頭に血が上る。百花が困惑顔を見て、透が唇にチュッと口づけた。

「モモが気持ち居場所に当てればいいんだ。簡単だろ？」

「……そんなの……」

できないという意思表示で首を横に振ったけれど、透の表情はそれを許してくれそうにない。

「……」

百花は恥ずかしさに泣き出したくなりながら、透の肩口に手をかけた。両手でバランスを取りながら肉竿に花びらを押しつけると、恐る恐る腰を揺らしはじめた。

固く立ち上がった肉竿はすぐに百花から溢れた愛蜜まみれになって、二人の身体がヌルヌルと擦《こす》れ合う。

「あ……はぁ……っ……」

押しつけた場所から甘い愉悦が広がって、百花の唇や鼻先から熱い息が漏れる。

「モモ、上手にできてる。ほら、どこに当てると気持ちがいいんだっけ？」

「ん……」

触れられると気持ちがいいのは、花びらの奥に隠れた小さな肉粒だ。自分で触れたことはないけれど、透に弄《いじ》られると感じてしまって、どうしていいのかわからなくなる場所だった。

どこを当てればいいのかわからず戸惑っていると、透が腰を引き寄せて雄竿に押しつけてきた。

「はぁ……ん」

腰を支えられたままゆるゆると腰を揺らすと、奥に隠れていた肉粒が刺激されて、熱い吐息が漏れる。

「気持ちいい？」

ガクガクと頷《うなず》いてさらに強く腰を押しつけて、何度も身体を揺らす。そうすると身体の中でくすぶっていた火種が掻き回されて、新たに快感の熱が燃え上がってくるような気がする。

隠れた肉粒でもっと感じたくて、無意識に腰を強く押しつけてしまう。すると透が小さく呻《うめ》きながら、百花の腰を支える手に力を込めた。

「はぁ……モモ、俺も気持ちいい……」

溜息交《ま》じりの声が艶《なま》めかしくて胸がキュンとする。こうして身体を擦《こす》りつけているだけだというのに、どうしてこんなに切なくて淫《みだ》らな気持ちになってしまうのだろう。

「透くん……すき……」

「ん？　こうやって擦《こす》るの気持ちいいの？」

「違う。透くんが、好き、なの……大好き」

熱に浮かされたように呟《つぶや》いて、腕を伸ばし透の首にキュッとしがみつく。すると耳元で透の苦しげなくぐもった声が聞こえた。

「モモは……俺を煽る天才だね」

「……え？」

わずかに身体を離すと、透が熱っぽい眼差しでこちらを見つめていた。

「おいで。俺ももう限界」

腰を引き上げられ、固く怒張していた雄の先端を蜜口に押しつけられる。

「支えててあげるから、モモが自分で挿れてごらん」

「……っ」

また新たな難題を突きつけられ、百花は赤くなったけれど、恥ずかしさよりも早く一緒に気持ちよくなりたいという気持ちが勝ってしまう。

「モモ、きて」

とろりとした蜂蜜のように甘い声が百花を誘う。さすがに見つめ合うのは恥ずかしくて、百花は目を伏せてゆっくりと腰を落としていく。

「んっ……」

先端の出っ張りがぬるりと蜜孔を通り抜け、閉じていた膣壁《へき》を押し開く。

「あ、あ……」

まだ馴らしていない膣洞に雄芯が入ってくる感触に目を見開く。痛くはないけれど、無理やり開かれるような感覚が少し怖い。それにいつもと体勢が違うからなのか、雄の形がリアルに伝わってきて苦しかった。

「ん……っ」

これ以上深いところで受け入れたらおかしくなりそうで、百花は動きを止めた。

「モモ？」

問うように見つめられ、百花はふるふると首を横に振る。

「まだ挿入《はい》るだろ？」

「も……ダメ、あんまり深いのは……怖い、から……」

「それって、感じすぎるのが怖いってこと？」

「……っ」

その通りだが恥ずかしすぎて頷けない。すると透はニヤリと唇を歪めたかと思うと、百花の腰を引き下ろし、同じタイミングで下から腰を突き上げてきた。

「ひぁっ!!」

いきなりズブリと深いところまで雄芯が入ってきて、お腹の奥を押し上げてくる。慌てて膝に力を入れて雄芯を引き抜こうとするのに、再び腰を引き下ろされ最奥まで貫かれてしまう。

お腹の奥がキュウッと収縮して、透の雄の形が生々しく伝わってくる。強い刺激が怖くて透の首筋にすがりつくと、透はさらに下から腰を押し回してくる。

「……あぁ……ぅン！　や、奥……ひろげちゃ……っ……」

「気持ちがいいだろ？　さっきからモモのなかが俺にしがみついて放そうとしないし」

「あ、あ、あぁ……」

肉壁を押し広げられ、先端がお腹の奥にぐりぐりと擦《こす》りつけられる。目の前でチカチカと星が瞬いて、百花は白い胸を揺らして背を仰《の》け反《ぞ》らせてしまう。

震える胸の先端が透の顔の前で揺れ、熱い唇がその先端をぱっくりと咥《くわ》え込む。

「ひ、ん……っ……」

胸を舐めしゃぶられながら固い肉棒で隘路《あいろ》を掻き回され、何も考えられない。あまりにも強い刺激は思考を鈍らせ、無抵抗にさせるらしい。

それをいいことに透はグチュグチュと卑猥《ひわい》な音をさせながら胎内を突き回す。そして激しい突き上げに百花が身体をブルリと震わせると、舐めしゃぶられていた乳首をさらに強く吸い上げられた。

「あ、あ、あぁ……！」

一瞬目の前が真っ白になり、内壁《へき》がビクビクと痙攣し始める。自分でも驚くほどあっけなく達してしまった百花は、そのまま透の胸の中に倒れ込んだ。

「モモ、もうイッちゃったの？」

そんな言い方をされたら悪いことをしたみたいだ。

「ご、ごめんなさい……」

思わず謝罪を口にしたけれど、いきなり激しくした透にも責任はあるはずだ。

「俺はまだイケてないけどどうしたらいい？」

思わせぶりな眼差しで顔を覗き込まれ、続きがしたいという無言のサインに、恥ずかしながら雄を咥《くわ》え込んだままの内壁が震えてしまう。

「んっ……ナカはまだしてほしそうだね。今、俺のこと締めつけただろ」

「して、ない……」

「モモ、俺のことは気持ち良くしてくれないの？　今度は頑張ってモモが動いてくれないと」

そんなふうに言われたら当然断ることなんてできない。百花はもう一度透の肩に手を置くと、ゆっくりと腰を浮かせて自身から雄を引き抜いた。

薄い粘膜を擦《こす》りながら、抜けていく肉竿の刺激に背中がゾクリとする。百花は浅い呼吸をくり返しながらゆっくりと腰を落とし、再び膣洞が透で満たされる感覚に知らず唇から溜息が漏れた。

「はぁ……」

何度かそれをくり返すと最初のときのような不安はなくなり、必死で腰を揺らしていた。

「モモ。上手」

そう呟《つぶや》いた透の息は乱れていて、百花は嬉しくなる。いつも透に感じさせられてばかりだけれど、自分でも透を喜ばせることができるのだと思うと、たどたどしい動きでも必死に腰を揺らしてしまう。

透を気持ち良くしたいという一方で、少しずつ自分の身体も高まっていく。すでに敏感になった身体はとても感じやすくなっていて、腰を振るたびに膣洞を雄竿に埋め尽くされる感覚が気持ち良くてたまらなくなっていた。

「ん……っ、はぁ……」

百花の動きが大胆になるのに合わせて、透もタイミングを合わせて下から突き上げてくるからさらに身体の熱が高まっていく。限界が近づいているのは透も同じなようで、間近で感じる息遣いが荒い。

突き上げる動きが激しくなり、百花の身体が大きく跳ね上げられる。透はそれでも物足りなくなったのか、

「モモ、ごめん。あとちょっとだけ頑張って」

切羽詰まった口調で言うと、モモをソファーの上に押し倒し自ら激しく腰を振りたくり始めた。

「あ、ン！　や、待って……ふか、い……っ……」

狭いソファーの上で片足を担《かつ》ぎ上げられ、身体を横向きにしたまま何度も肉棒で突き回される。

「あっ、あっ、あぁ……やぁ……激し……んんぅ……」

グチュグチュと胎内を突き回されて、雄が引き出されるたびに蜜が掻き出され、押し戻されると新たな蜜が溢《あふ》れ出す。あまりにも感じすぎて身体のスイッチが壊れてしまったのではないかと心配

になってしまうほどだ。

透が腰を振るたびにソファーがギシギシと軋む音が遠くに聞こえる。激しい突き上げに全身がガクガクと震えてしまい、すぐに新たな快感の波が百花の中で暴れ回り始めていた。

「はぁ……あぁ……や、も……むりぃ……」

これ以上されたらまた達してしまう。それなのに透はさらに激しく百花が感じる場所を激しく突き上げてくる。

「あ、あぁ……あ……いや……っ……」

身体が大きく揺さぶられて、感じすぎて勝手に涙が溢れてくる。

「モモ、嫌じゃないだろ？　俺が突くたびにナカがヒクヒクして……締めつけてくる」

そう言いながらさらに激しくなる律動に、高まりきった身体がビクビクと震え始める。淫《みだ》らな肉襞《ひだ》を痙攣させ、雄を強く締めつけてしまうのを止めることができない。

「透く……や、また……んん……!!」

「モモ……っ」

透が百花に覆い被さり、華奢な身体を押し潰すように抱きしめる。胎内で雄がビクンビクンと震え弾けるのを感じて百花は身体を戦慄《わなな》かせた。

痛いぐらい強く抱きしめられて身動《みじろ》ぎもできない。自分の上で透の身体が弛緩していくのを感じて、百花も身体の力を抜いた。

すると快感から解き放たれたからなのか、すーっと血の気が引くように意識が遠のいていく。ソファーの端からずるりと床に滑り落ちそうになった身体を、透の腕が抱き留めてくれた。

その腕の力強さに安心して本格的に眠りに落ちていく間際、透が耳元で「愛してる」そう囁《ささや》く声がした。

ありきたりなのにうっとりしてしまう愛の言葉に百花はうっすらと笑みを浮かべる。そして本当は「私も愛してる」そう伝えたかったのに、身体は言うことを聞かなかった。

手を伸ばそうにも腕に力が入らないし、瞼《まぶた》が重たくて目も開けられないのだ。

「モモ、おやすみ」

額に唇が押し付けられるのを感じて百花は身体の力を抜く。

明日目覚めたら一番に透に愛していると伝えようと心に決めて、新妻は夫の腕の中でゆっくりと眠りに落ちていった。

エピローグ

透と結婚して二年。百花はつい先日から、産休に入ったばかりだ。

仲睦まじい夫婦が結婚二年目で子どもを授かるというのはまあ一般的な流れだが、百花としてはもう少し透と二人という生活も悪くなかったと、今頃になって思い始めた。

結婚してからも相変わらず毎晩熱い夜を過ごしているのだし、透の年齢を考えれば子どもは早いほうがいいと周りは言うが、結婚後も仕事を続けていた百花は色々不安もあった。

両家の親からはこれを機に退職して育児に専念してはどうかと勧められたのだが、透と話し合って産休を取り仕事に復帰することにしていて、心配事は尽きなかった。

保育園探し、いわゆる保活は大変だと言うし、本当に子どもを預けてまで働かなければいけないほど自分の仕事に価値があるのか、あれこれ考え出すときりがない。

ウエディング事業部は既婚率が高い上に翠のように子持ちのスタッフも多く、百花が妊娠のことを一番最初に相談したのはやはり翠だった。

「最初は保育園に預けても熱を出したとか吐いたとかすぐに電話がかかってくるけど、そういうのは皆でフォローできるからね。私も百花ちゃんに何度も助けてもらったし、みんなで協力し合わないと。それに最近は働き方も変わって、広報は申請すれば在宅勤務も可能でしょ。大阪にいたときだってビデオ会議とかしてたし、うちの会社は男性の育休も推奨してるし、いくらだってやりようはあるでしょ」

翠の言う通り、ＢＯＮでは男性も最低三週間は育休を取ることが義務づけられていて、最大半年のうちの時期や回数は自由で、繁忙期を避けて数週間ずつ分けて休んだり、逆にパートナーの産休明けに合わせて休むという方法もあり、フレキシブルに対応できるらしい。

透のことだから率先して育休を取りそうだと思わずクスリと笑いが漏れそうになる。

「そりゃ子どもを抱えて仕事をするのは大変だけど、いつかは大きくなって手がかからなくなるの。大変なのは一瞬で、一生続くわけじゃないのよ。まあその一瞬が大変なんだけどね」

翠はそう言って笑ったけれど、育児の先輩の体験談は心強く、百花は安心して育休を申請することができたのだ。

百花はそろそろ重くなり始めたお腹を抱えて、仕事に出かける透を玄関まで見送りに出た。

「予約は十九時だったよね。楽しみ！」

今夜は結婚二周年を記念して、ホテルのレストランで食事をすることになっている。本当は来週が記念日なのだが、今年は産休に入って家にいるので百花が腕を振るいたいと言ったら、透が早めにレストランの予約を入れてくれたのだ。

しかし日に日に大きくなる百花のお腹を見て不安が募るようで、ここ数日あれこれ口うるさくなった。

「無理するなよ？　もし体調が悪くなったらすぐに連絡して。食事はキャンセルしたっていいんだから。あ、移動に電車は使っちゃダメだよ。必ずタクシーを使うこと……そうだ！　俺がタクシーを手配しておくから、それに乗ってきたらいい」

まだまだ続きそうな透の言葉に百花は顔を顰めた。

「透くん、過保護すぎ。病院の先生には産休中は意識して動かないと太るって言われてるの。それについこの間まで電車に乗って通勤してたでしょ。買い物もしたいから、ブラブラしながら電車と徒歩で行くよ」

「何言ってるんだよ。途中で具合悪くなったらどうするんだ。買い物なら週末に俺が付き合うし」

「いいよ。だって馬淵さんの結婚祝い買いに行くんだもん。透くん、馬淵さんのこと好きじゃないでしょ」

大阪にいた頃に馬淵と頻繁に飲み歩いていた話をしてから、すっかり毛嫌いしてしまっているのだ。

馬淵は近々地元神戸の恋人と結婚式を挙げる予定で、身重で結婚式に参列できない百花はせめてお祝いだけでも贈ろうと考えていた。

そもそも透は馬淵が百花を結婚式に招いたことも気に入らないらしく、招待状が届いた時はかなり辛辣な口調だったのを思い出す。

「あれか？　俺は女友達がたくさんいますアピール？」

招待状を手に顔を顰《しか》めた透を見て百花は吹き出した。

「違うって。馬淵さんはただの同僚。大阪時代を一緒に頑張った戦友とか、そういう枠でのご招待でしょ」

「そうだとしても気に入らない」

「はいはい。どっちにしてもお式は予定日と一週間も変わらないし、欠席するしかないね」

「当たり前だ。妊婦に招待状を送ってくるなって話だ」

「馬淵さんは私の妊娠を知らないんだってば。そうだ。後でお祝いのメッセージ送っておこうっと」

あの時、百花が馬淵と連絡を取っていることを知った透はたちまち不機嫌になった。

その後拗《す》ねた透はとても面倒くさかったので、百花はあまり馬淵の名前を口にしないようにしていたのだが、やはりまだダメらしい。

「とにかくタクシー頼んでおくから！」

「はいはい。ほら、遅刻しちゃうよ！」

百花の言葉に透はハッとしたように腕時計を見た。

「ああ、そうだった。じゃあ行ってきます」

透は前屈みになると、百花のお腹に向かって話しかけ、お腹の丸みを手のひらで優しく撫でる。

「いい子にして、ママを困らせるなよ」

「大丈夫ですよね～パパよりお利口さんで、同僚にヤキモチ焼いたりしないもんね～」

百花がからかうと、とたんに眉間に深い皺が寄せられる。

「こら。そんな可愛くないこと言う口はこうだ！」

透は百花の腰を引き寄せると、いつものいってきますのキスよりも深く唇を覆ってしまう。

「んぅ」

舌を捏《こ》ね合わせて口腔を探られる、百花がすぐに蕩《とろ》けてしまう濃厚なキスだ。足が震えてしまいそうで必死にその場に足に力を入れていると、透がクスリと笑いを漏らした。

「モモ、エッチな顔になってる」

「……な！　変なこと言わないで！」

真っ赤になって言い返す百花に向かって、透は満足げなしてやったりの笑みを向けた。からかった仕返しをしたのだろう。

「じゃあ奥様もいい子にしててね。ちゃんと戸締まりするんだぞ～」

透は頬を膨らませる百花の頭を優しく撫でると、わざとらしく手をヒラヒラと振りながら出て行ってしまった。

「……もう！」

百花は閉まった扉をしばらく睨《にら》みつけて、それから溜息を吐いた。

いつも透にからかわれてばかりなのでたまにはやり返したのだが、すぐに攻守逆転してしまうのだ。

翠に言わせれば場数が圧倒的に足りないのだから仕方がないらしい。まあ、それならこちらはサプライズを考えて驚かせるしかない。

百花からプロポーズをしたときの透の顔を見て、思わず唇に笑みが浮かぶ。

実は先ほどは馬淵のプレゼントを買いに行くと言ったが、本当の目的は透へ結婚記念のプレゼントを贈りたかったのだ。

こうして二人で過ごすことができる結婚記念日は今年が最後だ。透はいつも気遣って百花を大切にしてくれているから、たまには百花からもプレゼントを贈りたい。

すでにプレゼントは目星をつけていて、店に電話をして取り置きをしてもらってある。本当はもっと前に準備をしておこうとも考えたのだが、百花より家の中に詳しい透にバレないように隠しておく自信がなかったのだ。

彼のことだからタクシーの手配は秘書の大場に頼むはずだ。後で彼女に事情を説明してタクシーをキャンセルしておいてもらおう。

「ふふふっ」

透が驚く顔を想像して笑いが漏れる。

実は透にヤキモチを焼かせるためにわざと馬淵の名前を口にしたのだ。その方がサプライズのプレゼントの価値も上がるとＭＩＮＡにアドバイスされていた。

出がけの濃厚なキスは予想外だったが、ヤキモチ作戦は大成功という印だろう。

ＭＩＮＡとは仕事以外でも付き合いが続いていて、なんと今や双子の男の子のママとなった彼女は、産後もすぐに抜群のプロポーションを取り戻し、ＭＩＮＡエクササイズという本やＤＶＤまで出している。

当然百花も一式プレゼントされていて、産後落ち着いたら彼女が経営するジムに通うように誘われていた。

さっそくＭＩＮＡに作戦がうまく言ったとメッセージを送るとクローゼットを開けた。

「さてと……」

正直今は着られる服の方が少なくて選ぶほどでもないのだけれど、結婚して二年経っても透とのデートは楽しみだ。

本当はまともに着られる服がないから記念日の食事を自宅にしようと提案したのだが、やはり誘われれば気持ちが浮き立ってくる。

百花は数日前から迷っていた二枚のワンピースを取り出し、ベッドの上に並べた。

「うーん」

どちらもお腹がゆったりとしたいかにもマタニティというワンピースで、実はあまり好きではない。最近はあまりお腹が目立たないデザインのお洒落なマタニティもたくさんあるのだが、透が反対したのだ。

もし妊婦だと気づいてもらえないときの方が危ないという理由らしいが、この妊娠期間中の不満と言えばそれだろう。

その中でもまだましだったのがこの二枚なのだが、いまいちテンションが上がらない。するとスマホのバイブレーションが震える音がした。

ＭＩＮＡから返事が来たのかと思って画面を見たが、たった今出て行ったばかりの透からだった。何か忘れものか、それともタクシーを使うように念を押してきたのだろうかとメッセージを開くと、そこにはたった一行『俺のクローゼットを見ること』と書かれていた。

「何……？」

百花は訳がわからないまま透のクローゼットを開いた。するとそこには藤色のニットワンピースが掛かっていた。

「可愛い！」

どうやら今夜はこれを着ろということらしい。さっそく身に着けてみると、百花が気にしていた妊婦特有の身体の欠点がうまくカバーされている。

前身頃はカシュクールになっていて、同色のニットリボンを結ぶとちょうどお腹の膨らみの上辺りになってウエストの太さが目立ちにくい。スカートは縦ストライプのロングプリーツでリボンの目隠しとスカートで着痩せ効果抜群だ。

さすがにヒールは履けないが、このデザインならぺたんこのバレエシューズを履けばフォーマルとしても問題ないだろう。

「また透くんにやられちゃったかも」

百花が透の選んだマタニティに不満があることを知っていたから、今夜のために用意してくれたのだ。

もう一度鏡に映った自分を見て、満足すると透のスマホに『ありがとう！　とっても気に入りました!!』というメッセージを送った。

すぐにニコニコマークのスタンプが返ってきたけれど、百花はそれに返信はせず、もう一度鏡に向かってワンピースを着た自分を自撮りする。それからちょっと迷って透に送る。

どんな反応が返ってくるかとニヤニヤしながらワンピースを脱いでいると、また返事が飛んできた。

『超いい女。やっぱり俺の奥さんは最高に可愛い。愛してるよ』

予想以上に恥ずかしくなるようなメッセージに顔がにやけてしまうのを止めることができない。

誰かが見ていたら完璧に危ない人だ。

以前翠に驚かれたが、透はこうしてストレートに甘い言葉で気持ちを伝えてくれるから好きなのだ。

百花は『私も愛してる』というメッセージにハートマークのスタンプを連打してからスマホを置

いた。今夜のためにバッチリめかしこむのが楽しみになった。

さっき見送ったばかりなのに、もう透に会いたくなっている自分に思わず苦笑する。

透から結婚を申し込まれたあの時は彼と本当に結婚するなど考えたこともなかったから、こんなにも透のことを男性として好きになっている今の自分は想像もできなかった。

あの日透がきっかけをくれなければ、この幸せを逃してしまったと思うと怖い。もう今は透なしの生活こそ想像できないのだ。

大袈裟かもしれないがたくさんいる人の中から選んでくれて、ありがとうという気持ちでいっぱいになる。

待ち合わせの場所に透がやってきた時、一番最初に『ありがとう』と言ったら、彼はどんな顔をするだろうか。

きっと彼は何に対してありがとうなのかと訝《いぶか》るだろう。プレゼントの洋服に対してのありがとうだと思うか、それともレストランの予約に対しての感謝だと思うだろうか。

好きになってくれてありがとうだと言ったら彼はどんな顔をするだろう。百花はその瞬間の透の顔をあれこれ想像して、夜になるのが待ち遠しくてたまらなかった。

番外編　思い出のバースデー

母が亡くなった時、透は十歳になったばかりだった。

ちょうど学校では二分の一成人式なんて行事があって、両親に感謝を伝える手紙を書かされていたのだが、母はその行事に参加することも、透の手紙を読むこともなく逝《い》ってしまった。

透が物心ついた時から、誕生日といえば、両親の友人夫婦が経営する榊原洋菓子店にバースデーケーキを注文するのが恒例となっていた。

イチゴがたくさんのったホールケーキに、お誕生日おめでとうと書かれたプレートが飾られているあれだ。

その日は母の声かけで忙しい祖父や父、そして榊原一家が集まって透の誕生日を祝ってくれた。

十歳の誕生日は母が入院していたためバースデーケーキのことなど誰もが忘れてしまっていたが、翌年からはまた榊原洋菓子店、つまり百花の両親が祝ってくれるようになった。

父と祖父からは祝いの品や小遣いを渡されたが、生前母がしてくれていたようなパーティーを開いてくれることがなかったのを見かねて、百花の母が祝ってくれていたのだと思う。

それ以外でも何かと理由をつけ透を家に招いてくれて、拓哉と同じように実の息子のように接してくれたことが、当時の透をどれだけ癒やしてくれただろうと、大人になってから何度も思い返したほどだ。

当時の百花はまだ赤ん坊と幼児の境目でそれだけでも大変だったはずなのに、百花の母は母を亡くしたばかりの透の世話をあれこれ焼いてくれた。

そんなこともあり百花の母には今も感謝しているが、思春期にさしかかると、そんな優しさすらウザいと思うようになり、一時期榊原家からも足が遠のいた。

榊原家に招かれると自分一人が家族ごっこのお客様になったようで、どうせ自分はよそ者なのにと、ひねくれた考えさえ抱いてしまった。

あれは透が高校生、百花は小学校に上がったばかりの頃だったと思う。

拓哉にしつこく誘われ、久しぶりに榊原家に食事に招かれることになった。

ちょうど祖父や父からは跡継ぎとしての自覚を求められ、顔を合わせるたびに口うるさく言われるので、それならまだ榊原家で食事をする方がマシだ。それぐらいの気持ちで誘いに乗ったのだ。

その頃の榊原家と言えばまだ街の小さな洋菓子店で、主人が丁寧に仕上げたフルーツタルトが知る人ぞ知る逸品として、話題になり始めていた頃だった。

久しぶりに家を訪れると、ドアを開けた百花が嬉しそうに透に飛びついてきた。

「とおるくん！　まってたよ‼」

まるでひまわりの花でも咲いたような大輪の笑顔を向けられ、ドキリとする。

百花のことは可愛いと思っていたが、あくまでも友人の妹で、世話になっている知人の娘、それだけだったから、こんなにも手放しで歓迎されると、やさぐれた気持ちで顔を出した透は後ろめたい気持ちになった。

「拓哉は?」

「おにいちゃんはおみせでケーキつくってるの」

そういえば以前、拓哉が店を継ぎたいと言っていたのを思い出す。大学には行かず製菓の専門学校に行きたいと話していたから、今から店を手伝っているのだろう。

すると百花が二人きりなのに周りを気にしながら小声で言った。

「あのね、ないしょだけど、きょうはとおるくんのたんじょうびのおいわいするんだよ。おにちゃんはそのケーキをつくってるの」

神妙な顔で口止めされていたはずの秘密をあっさり口にした百花に、透は思わず吹き出してしまった。拓哉が熱心に誘ってきたのにはそういう理由があったらしい。

「おにいちゃんにないしょっていわれてるから、いっちゃだめだよ」

声を潜め唇の前に人差し指を立てた百花を見て、透は笑いを堪《こら》えながら頷《うなず》いた。

正直この年になると誕生日を祝ってもらうとか、成長を喜ばれるのは恥ずかしいという気持ちが強かったが、張り切っている百花を見たら、たまにはこういうのも悪くないと思った。

しばらく百花の相手をしていると、榊原家の面々が入れ替わり立ち替わり顔を出し、少しずつ夕食の準備が整えられてゆく。

ずっと不義理をして顔を出さなかった透を責めるでもなく、以前と同じように接してくれるおじさんとおばさんに感謝する。

その合間にも百花が「あのね、イチゴのケーキなんだよ」とか「おいわいのプレートのなまえはモモがかいたの」など詳細を教えてくれ、あまりにも情報過多で、いざケーキが出てきたら驚いたふりを演じられるかどうか心配になるほどだった。

誰かがパーティーの始まりを告げたわけではないが、食卓には透の好物の煮込みハンバーグや山盛りの唐揚げにフライドポテト、ローストビーフのサラダなど普段の夕食とは思えない料理がずらりと並び、席に着いた透も自然と笑顔になった。

男ばかりの神宮寺家では通いの家政婦を雇い入れていたが、彼女たちは夕食の支度を終えると帰宅してしまうので、普段の透は一人で食卓に座るかコンビニや外食で済ませてしまうことが多かった。

たまに祖父や父と同席して食事をすることもあるが、二人は仕事の話ばかりしているし、透相手には勉強や進学のことばかりうるさく言うので、食事の時間はあまり待ち遠しいものではなかった。

こんなふうに大人数で賑やかに食卓を囲むことは久しぶりで、誰かと言葉を交《か》わしながら食事をするのは少し照れくさい。

食事が一段落して透もリラックスして来て、近況など他愛ないことを話していると、隣に座っていた百花がそわそわし始める。

「おにいちゃん、まだ？」

そう何度も拓哉に尋ねていて、何度目かの問いに溜息を吐いて立ち上がった。

「ったく、うるさいな。モモ、手伝え」

「うん！」

ぴょんっと跳ねるように立ち上がった百花が拓哉について厨房の方に向かうのを見て、透はどうやって驚いたふりをすれば榊原家の面々が喜ぶのか心配になってきた。

さすがに百花の秘密の暴露がなかったとしても、これが自分のための祝いの席だというのはわかる。というか、百花以外は透が気づいていることも察しているだろう。

つまりは百花のためだけに驚いたふりをすればいいわけだが、その本人から秘密を知らされているという、何とも複雑な状況だ。

さてどうしたものかと透が真剣に頭を悩ませたときだった。

「すごいっ！　かわいいケーキ!!　これならとおるくんもよろこぶね！」

厨房から聞こえてきた百花の甲高い声に、透はまた吹き出してしまった。

「いやっ！　モモがもっていきたい！」

「危ないって。すごく重いんだぞ」

「へーきだってば。モモがはこぶの～!!」

どうやら百花が駄々を捏《こ》ね、拓哉を困らせているらしい声が聞こえてくる。榊原の両親と視線を交わすと、笑いを堪《こら》えているのがわかる。

「もう。仕方ないな……そうっと運ぶんだぞ。斜めにするなよ」

妹に甘い拓哉が折れたらしい。

しばらくして厨房に通じる扉が開いて、両手でケーキが載った皿を捧げ持った百花が姿を見せた。

「とおるくん……お、おたんじょうびおめでとう」

そう言いながらも手がプルプルと震えて、見ている方がハラハラしてしまう。

百花が何とかすり足でテーブルの側までやってくると、断片的に知らされていたケーキの全貌が見えてくる。

運ばれてきたのはスタンダードなイチゴのホールケーキで、百花の言う通りケーキの真ん中にはホワイトチョコレートのプレートに茶色の文字で透の名前が辛うじて読み取れる。

それは昔両家が揃って誕生祝いをしてくれたときのケーキに似ていた。

「モモ、ゆっくり置くんだぞ」

「わかってるもん！」

拓哉の言葉に百花がむきになって言い返した瞬間、バランスが崩れる。

「あっ‼」

その場にいた全員が叫んだ次の瞬間、傾いた皿からホールケーキがテーブルの上に雪崩れ落ちた。

「あー……」

そう声を漏らしたのは誰だっただろう。次の瞬間百花が声を放って泣き出したので、透の意識はケーキよりそちらに奪われた。

「何でモモが泣くんだよ。泣きたいのは作った俺だっつーの」

「ほら、泣かないでいいのよ。泣きたいのは一生懸命運んだんだから」

百花の母が必死で慰めているが、百花は納得できないらしい。まあ子どもでなくても、目の前で綺麗なケーキを落としてしまったら泣きたい気持ちになるだろう。

「でも……とおるくんの、ケーキないと……おいわいできない……」

しゃくり上げながら、百花が切れ切れに呟くのを聞き、透はその気持ちに胸が温かくなるのを感じた。

透の誕生日を一生懸命祝おうとしてくれている気持ちが嬉しい。

透はちょっと考えてから、フォークを取り上げるとテーブルで無残な姿になってしまったケーキをすくい上げて口に運んだ。

「うん、うまい！」

透の言葉に、百花はびっくりした顔で透を見た。

「モモ、このケーキすごく美味しいよ。こっち来て、モモも食べてみな」

まだグズグズと鼻を鳴らしていたが、透の手招きに、百花が恐る恐る近づいてくる。

「おいで」

透は百花を抱きあげ膝の上にのせると、もう一度ケーキをすくって百花の口に運ぶ。小さな口の中にケーキを入れてやると、百花はモグモグと咀嚼《そしゃく》した後、小さな声で言った。

「美味しい」

「だろ？　モモと拓哉が一生懸命作ってくれたんだから、ちょっと崩れたぐらいでダメになったりしないよ」

「うん」

「あ、これもモモが書いてくれたんだろ？　食べていい？」

ネームプレートを指さすと、いつの間にか泣き止んだ百花が嬉しそうに頷いた。

「うん！」

透は百花の熱い眼差しを受けながらパクリとプレートに噛みついた。

「うまい！　モモが書いてくれたから今まで食べた中で一番美味しいかも」

「ホント!?」

「うん。こんなに美味しいケーキ食べたことない。ありがとう」

たとえチョコレートで書かれた名前がミミズののたくったような文字で判別不可能だったとしても、透にとっては世界一美味しいケーキだった。

「よかったぁ。とおるくん、おたんじょうびおめでとう！」

まだ幼い百花の駆け引きなど知らない屈託のない笑顔にまた胸が温かくなる。出迎えてくれたときも思ったが、百花の笑顔は純粋で、真っ直《す》ぐで、まるでひまわりの花みたいだ。

しかも透の胸の奥に咲いたその花はいつまでも枯れることなく、太陽のようにずっと透の心を暖めてくれる。

この日から透は誕生日を祝われることが面倒くさいと感じなくなり、むしろ楽しみにすらなった。


「ハッピバースデートゥーユー♪　ハッピバースデートゥーユー♪」

今日は結婚して初めての透の誕生日で、百花がキッチンから歌いながらケーキを運んできた。

二人用の小ぶりなホールケーキで、細長いろうそくには小さな炎が揺れている。

「透くん！　お誕生日おめでとう!!」

「ありがとう」

「ほら、早くろうそく消して！」

いつもよりはしゃいだ百花に急かされ、透はろうそくの火を一気に吹き消した。

「わーい！　おめでとう!!」

パチパチと手を叩く百花を見て、透は子どもの頃に戻ったみたいだと目を細める。

「これモモが作ったの？」

白い生クリームとイチゴでデコレーションされたケーキに名前の書かれたプレート。そこにはちゃんと透の名前が判別可能な文字で書かれていた。

「うん。実はスポンジは昨日実家に帰って、お兄ちゃんに教えてもらって焼いてきたの。今までは毎年お兄ちゃんのケーキでお祝いしてたでしょ。今年からは私が頑張ろうと思って。あ、デコレーションは私がひとりでしたんだよ！」

「さすがケーキ屋の娘！」

「ふふっ」

得意げに笑った百花の顔を見て、ふとあの誕生日のことを思い出した。あのときもイチゴのバースデーケーキだった。

「モモ、昔、俺の誕生日ケーキを落として大泣きしたの、覚えてる？」

「え？　そんなことあった？」

「あったよ。拓哉が作ったケーキをモモが運ぶって言い張って、あとちょっとのところでテーブルの上に落下させたんだ」

「嘘!?　全然覚えてない！」

百花はそう言うと声を立てて笑う。大人になってもあの頃と変わらない笑顔だ。

あの頃はこの無邪気な笑顔を守りたいと思ったのに、いつからこんなに愛しいと思うようになったのだろう。

百花の笑顔は透の心に咲くひまわりの花で、透の愛情と一緒で年々大きく育ってきた。そう言ったらまた百花にキザだのなんだの言われるに決まっているが、仕事で疲れたときにこの笑顔を見るだけでホッとできるのだ。

「はい、コーヒー」

百花がニコニコしながら切り分けたケーキとコーヒーを透の前に置く。早く感想が聞きたいと期待に満ちた顔だ。

その子どものようにわかりやすい態度を見て、透は少しからかってやりたくなる。

「せっかくモモが作ってくれたんだから、モモが食べさせてよ」

「……えっ⁉」

予想通りの反応に透は思わずニヤリとしてしまいそうになったが、慌てて口元を引き締める。

「ほら、早く」

促すように口を大きく開けてやると、百花は躊躇《ためら》いながらフォークを手に取った。

「も、もう……子どもみたい」

仕方なさそうに呟《つぶや》きながら、百花はフォークを透の口に運ぶ。その頬は照れているのかうっすらと赤くなっているように見えた。

「ど、どうぞ」

「ん」

パクリと喰いつくと、口の中に甘さ控えめの生クリームとイチゴの酸味が広がった。スポンジもふんわりとして舌触りがよく、素人の手作りとは思えない仕上がりだ。

「美味しい。じゃあ次はモモの番」

「ええっ⁉　わ、私はいいよ！　自分で食べられるし‼」

百花の頬がさらに赤くなる。もう夫婦なのだからいい加減このやりとりに慣れてもいいはずなのに、百花は何を提案しても毎回顔を赤くする。

透もその反応が可愛くてついからかってしまうのだが、百花はそれに気づいていない。

「たまにはいいだろ。昔はこうやって俺の膝に乗せて食べさせてたし、美味しいケーキを作ってくれたお礼をしないと」

透はそう言うと、百花の腰を引き寄せ膝の上に横座りにさせてしまった。

「きゃっ！」

「はい、モモ。あーんして？」

すかさず口元にフォークを差し出すと、百花の顔がリンゴのようにまっ赤になる。思わずそのままキスしたくなるのを我慢して、百花の口の中にケーキを運んだ。

「ん……美味しい……」

モグモグと口を動かす様子は小動物みたいだと見ていると、百花が舌で口の端についたクリームを舐めとる。

子どもっぽく咀嚼《そしゃく》する姿から突然艶《なま》めかしい仕草を見せられ、透の心臓がドキリと跳ねた。

「……っ」

百花は透のそんな視線になど気づかないのか、自分が作ったケーキを味わっている。

「……モモ、もう一口」

透はもう一度フォークを運ぶと、わざと的を外し百花の口の端にケーキを押しつけてやった。

「あ！　もぉ……」

唇を拭おうと百花がとっさに伸ばした手を透が押さえる。

「大丈夫。俺が綺麗にするから」

透はそう言うと、近づいてきた顔に目を見開く百花の顔を見つめながらクリームをペロリと舐めた。

「な……！」

やっと何をされたのか理解したのだろう。百花がギョッとした顔をする。

「こら、動かないで。まだ綺麗になってない」

透は百花の身体を抱き寄せると舌を使ってクリームを舐めとり、そのまま薄く開いていた唇も塞《ふさ》いでしまった。

「んぅ！」

唇から舌を押し込むと、口の中もクリームでぬるついていて甘い。そのせいでいつもよりも絡み合った舌がぬめって、その刺激に透も頭の芯がジンと痺《しび》れてくる。

このままソファーに押し倒してしまいたい衝動を何とか押さえつけて、百花が抵抗しなくなるまでたっぷり口腔を舌で愛撫してやった。

「ん……ふ……ぁ……」

百花はすぐに蕩《とろ》けて甘えた声を漏らし初めて、自分から透の首に腕を回してくる。

「モモ、まだケーキ食べたい？　それともベッドに行って続きがしたい？」

顔を覗き込むと、可愛らしい目が潤んでいる。百花が感じているときに見せる顔だ。

それを見たらもうこれ以上は我慢できず、透は返事を待たずに百花を抱きあげて寝室へと足を向けた。

もちろん百花が作ってくれたケーキは後でちゃんと食べるつもりだ。でも今はそれよりも甘い百花を味わう方が先だった。

首に回された手にギュッと力がこもるのを感じながら、透はこれからの誕生日はこれまで以上に楽しくなりそうだと思った。

～大人のための恋愛小説レーベル～

ETERNITY

エタニティブックス

イケメンの本気に甘く陥落！
不埒な社長と熱い一夜を過ごしたら、溺愛沼に堕とされました

エタニティブックス・赤

加地《かじ》アヤメ

装丁イラスト／秋吉しま

カフェの新規開発を担当する三十歳の真白《ましろ》。気付けば、すっかりおひとり様生活を満喫していた。そんなある日、思いがけず仕事相手のイケメン社長・八子《やこ》と濃密な一夜を過ごしてしまう。相手は色恋に長けたモテ男！　きっとワンナイトの遊びだろうと思っていたら、容赦ない本気のアプローチが始まって!?　不埒で一途なイケメン社長と、恋愛脳退化中の残念OLの蕩けるまじラブ！

※エタニティブックスは大人の女性のための恋愛小説レーベルです。ロゴマークの色で性描写の有無を判断することができます（赤・一定以上の性描写あり、ロゼ・性描写あり、白・性描写なし）。

詳しくは公式サイトにてご確認ください。
https://eternity.alphapolis.co.jp/

携帯サイトはこちらから！

～大人のための恋愛小説レーベル～

ETERNITY エタニティブックス

ライバルからの執着愛!?
御曹司だからと容赦しません!?

ETERNITY エタニティブックス Rouge

エタニティブックス・赤

あかし瑞穂《みずほ》

装丁イラスト／いずみ椎乃

大学時代、酔って何者かと一晩を共にしたものの、恐くて逃げて以来、恋愛とは無縁な建築デザイナーの香苗《かなえ》。ある日、同期で社長の息子でもある優《ゆう》と協力してコンペに挑むことになった彼女は、ライバル会社の令嬢と通じているという噂を立てられた優を庇う。それがきっかけで、香苗は彼にキスをされた上、偽の恋人役を演じるはめに。しかも彼は「あの一夜の相手は自分だった」と言い出して!?

※エタニティブックスは大人の女性のための恋愛小説レーベルです。ロゴマークの色で性描写の有無を判断することができます（赤・一定以上の性描写あり、ロゼ・性描写あり、白・性描写なし）。

詳しくは公式サイトにてご確認ください。
https://eternity.alphapolis.co.jp/

携帯サイトはこちらから！

～大人のための恋愛小説レーベル～

ETERNITY
エタニティブックス

極上パパは妻子を一生甘やかす！
愛をなくした冷徹御曹司が溺愛パパになりました

ETERNITY Rouge エタニティブックス

エタニティブックス・赤

桜《さくら》 朱理《しゅり》

装丁イラスト／夜咲こん

シェフとして小さなレストランを経営しながら、五歳の息子を育てるシングルマザーの百合《ゆり》。そんな彼女の前に、六年前、妊娠を告げた自分を一方的に捨てた元婚約者・間宮《まみや》が現れる。驚く百合に、彼は子どもの父親としての責任を果たしたいと告げてきて——!?　身勝手な男の今更な願いに怒りを覚えるけれど、自分と息子へ深い愛情を注ぐ間宮に、どうしようもなく心は絆されていき……

※エタニティブックスは大人の女性のための恋愛小説レーベルです。ロゴマークの色で性描写の有無を判断することができます（赤・一定以上の性描写あり、ロゼ・性描写あり、白・性描写なし）。

詳しくは公式サイトにてご確認ください。
https://eternity.alphapolis.co.jp/

携帯サイトはこちらから！